Grenze der Vollkommenheit

utopischer Roman

von Karl-Heinz Haselmeyer

Grenze der Vollkommenheit

Vorwort

Als ich meinen Erstlingsroman „Stimmen aus Utopia" nach über 20 Jahren wieder zur Hand nahm, überkam mich die Lust, den Stoff noch einmal zu bearbeiten.

Ich habe ich mich seit der Zeit fortentwickelt und mir verlangt danach, die damaligen Gedanken aufzunehmen und sie weiterzuentwickeln. Damals schrieb ich unter anderen in dem Vorwort:

„Bevor ich den Aufbruch in eine ferne Zukunft wage, möchte ich einige Worte vorausschicken. So unzugänglich, wie sich die Zeit unserem Verstand zeigt, so freundlich gibt sie sich der Fantasie. Sie öffnet Weiten für diejenigen, die bereit sind, in der Zeit spazieren zu gehen. Wer dort in das Reich der zahllosen Möglichkeiten eintritt, weitet auch seine Sicht auf unsere ganz reale Welt.

Ein Buch kann eine Brücke zwischen Fantasie und der Wirklichkeit sein, beschreiten wir also diese Brücke. "

Der Ort des Geschehens.

Anfangs des 23.Jarhunderts fand die größte Revolution in der Geschichte der Menschheit statt. Dieser Umbruch war so radikal, dass die Menschen kaum noch mit denen vergangener Jahrzehnte zu vergleichen sind. Das ist keine Wertung oder Übertreibung und soll nur dazu dienen in die folgende seltsame Niederschrift einzuführen.

Was sich so radikal geändert hat, ist schwer mit wenigen Worten erklärt. Das Wesentliche ist wohl, dass die Menschen in der neuen Zeit nicht mehr als Einzelwesen existieren, sondern in einer Symbiose leben. Das darf nicht falsch verstanden werden, denn jeder Mensch lebte schon immer in einer Symbiose mit fremden Organismen, Bakterien, Viren und anderen, sogar unser Energielieferant, die Mitochondrien müssen als eingewanderte Archaebakterien bezeichnen werden. Diese Lebensgemeinschaft bildete das Einzelwesen Mensch.

Doch nun kam der Zusammenschluss mit einer äußeren Wesenheit dazu, was tief eingreifende Konsequenzen auf die bisherige Existenz hatte. Nun ließen wir uns freiwillig benutzen und gaben einen großen Teil unserer bisherigen Individualität auf.

Mit diesem großen Umbruch begann auch eine neue Zeitrechnung.

Ich schreibe nun im dritten Jahr des neuen Kalenders. Schreiben und Lesen sind aus der Mode gekommen, doch gerade diese alte Technik der Informationsübermittlung will ich aus Ehrfurcht vor der Geschichte, aber auch aus Sentimentalität beibehalten.

Ich möchte erreichen, dass dieses Dokument das Neue aus der Sicht der Vergangenheit erklärt. Wir werden in unserer neuen Welt aufgehen und die vergangenen Jahrhunderte werden sich in Windeseile aus unserer Erinnerung stehlen. Schon jetzt bedarf es einiger Anstrengungen, sich an die Welt, die doch erst wenige Jahre zurückliegt, zu erinnern.

Ich glaube, es ist wichtig, unsere Geschichte lebendig zu erhalten, deshalb werde ich meine Erzählungen in der vergangenen Zeitrechnung beginnen, dort wo alles seinen Anfang nahm.

Der Anfang

Eine Arbeitsgruppe des Projektes Cern unter der Leitung von Professor Bundel veröffentlichte den Fund von Makromolekülen, die eine Sonde aus dem Bereich der Jupitermonde aufgesammelt und zur Erde zurückgebracht hatte. Sie besaßen eine Größe von 2-300 000 Dalton und hatten Kristallcharakter auf der Basis von Silizium mit Spuren von Germanium und anderen seltenen Metallen.

Diese fadenförmigen Moleküle zeigten eine sehr bemerkenswerte Ladungsverteilung. Das war ein sehr bedeutender und interessanter Fund, der viel Aufsehen erregte. An den kleinen Mengen von Material wurden sehr viele Versuche unternommen und Theorien entwickelt, doch schließlich flaute der Forschungseifer wieder ab. Mittlerweile hatten auch andere Sonden in dem Bereich des Ringsystems solche Kristallmoleküle gefunden und zur Erde zurückgebracht. Ein neues Naturphänomen war entdeckt, registriert und von der Öffentlichkeit weitgehend wieder vergessen worden.

Einige Proben der Moleküle kamen nach Göttingen in das Max-Plank-Institut auf dem Faßberg zur Durchführung von Strukturanalysen. Aber andere Forschungen traten in den Vordergrund, das Rätsel aus dem Weltraum musste warten, die Analysen wurden zurückgestellt.

Doch die Moleküle beschäftigten die Fantasie eines introvertierten Sonderlings namens Franz Walde. Dieser schon etwas ältere Herr gehörte zu der Forschergruppe, der diese Probe zugeteilt worden war. Er war durch seinen schrulligen Charakter eine oft belächelte Institutslegende, arbeite schon viele Jahre an verschiedenen schwierigen Forschungsvorhaben, ohne je einen fachlichen Abschluss abgelegt zu haben. Er schien mit seinem Computer verheiratet zu sein, kam allem Anschein nach fast ohne Schlaf aus und war stets im Gebäude anwesend. Diesen Mann faszinierte das Fadenmolekül und er erwirkte die Erlaubnis, vorsichtige Messungen daran vorzunehmen.

Ein Spezialist geht oft seltsame Wege, besonders, wenn er ein Sonderling ist. Franz Walde lebte in der Welt digitaler Mikrochips und in die hinein brachte er auch einen der Fadenkristalle. Er übertrug dieses Molekül auf die Germaniumschicht eines jungfräulichen Mikro-Klusters, deckte vorsichtig ab und verleibte das Element dem Computer ein, um kleinere Ladungen zu messen und eventuell Änderungen der Ladungen verfolgen zu können. Eine wahrlich sonderbare Idee. Er steuerte das Bauteil vorsichtig an und begann einfache Strukturen zu programmieren in der Hoffnung, kleine Interferenzen ausfindig zu machen. Zunächst geschah nichts. Etwas später traten nur noch Störungen auf. Er arbeite fieberhaft, baute das Element aus und wieder ein, kam aber zu keinem Ergebnis. Immer wieder probierte er es aufs Neue, versuchte es mit verschiedenen Tricks, alles schien vergeblich. Am Dienstag, er hatte schon sechs Tage mit diesem Versuch zugebracht, betrat Franz Walde nach kurzem Schlaf sehr früh sein Labor. Dort fand er den Bildschirm seines Computers in Betrieb und mit geometrischen Figuren bedeckt, die sich in verwirrender Vielfalt änderten. Er ärgerte sich, dass er vergessen hatte, seinen Computer abzuschalten, und wollte unwillkürlich neu booten, da sah er, dass keine Kontrolllampe brannte. Auch reagierte das Gerät nicht auf den Reset-Schalter. Sogar als er dann den Netzschalter betätigte, blieb der Monitor in Betrieb. Verwirrt zog er den Stecker des Monitors aus der Rückseite des Computers, erst jetzt erlosch das Bild. Walde steckte den Stecker des Bildschirms wieder in die Buchse und der Monitor leuchtete mit seinen wirren Bildern erneut auf.

Eine ratlose Pause folgte. Franz starrte auf den Bildschirm, die wechselnden Figuren nahmen ihn gefangen. Er konnte sie nicht einordnen, sie ähnelten den Darstellungen von Mandelbrotmengen. Die Auflösung des Bildschirms wurde voll genutzt. Ihm schienen die Muster und Strukturen mit ihrem wechselnden Farbspiel sehr fremd. Dann kam ihm der Verdacht, die Kollegen könnten sich mit ihm einen Spaß machen. Misstrauisch schaute er sich um, ob er beobachtet würde, doch er war allein, so früh war selten schon jemand im Institut. Ratlos starrte Walde vor sich hin. Wie gerne hätte er sich mit jemandem besprochen, doch wie könnte er jemanden einweihen, er fürchtete aus gutem Grund, sich lächerlich zu machen. Er war intelligent genug, um zu merken, dass er auch sonst nicht richtig ernst genommen wurde. Franz war aber sowieso allein mit diesem Problem. Er berührte diesen oder jenen Schalter, traute sich kaum noch, auf den Monitor zu schauen, ihm schwirrte der Kopf.

Als er später dennoch befreundete Kollegen heranrief, fühlte er sich schon beim Erklären wie ein Idiot. Ein Computer, der ohne Strom arbeitet, nur der Monitor als Verbraucher von Energie? Die Kollegen hatten ihren Spaß, was für ein lustiger elektrischer Fehler. Der Tag verging schnell, der Spaß hatte sich in allen anderen Instituten verbreitet. Im Labor von Franz Walde versammelten sich scharenweise Menschen, so dass es kaum möglich war, bis zum Monitor vorzudringen. Jeder wollte den Witz belachen. Franz machte gute Miene zu diesem Auflauf und den Scherzen auf seine Kosten.

Diesem Ereignis folgten Tage mit Messungen. Ein ganzes Team von Computerspezialisten arbeite eifrig daran, den Fehler zu finden. Die Pufferung der Uhr war schon längst ausgebaut, Stromquellen waren nicht mehr vorhanden. Nur wenn ein geerdetes Drahtgitter den Computer sorgfältig abschirmte, begann das Bild auf dem Monitor zu erlöschen. Versuche, äußere elektrische Felder aufzuspüren, blieben ohne Erfolg. Dann nahm Franz Walde den Mikrochip heraus, den er in dem Trubel ganz vergessen hatte. Erstaunt sahen alle von ihrer Arbeit auf, der Monitor war endlich erloschen. Kaum zu glauben, sollte dieser kleine Chip den Computer betreiben können? Erneuter Einbau und das Bild auf dem Monitor flackerte wieder auf. Viele Versuche schlossen sich an, es wurde publiziert und bewundert. Man versuchte, die Strukturen zu entziffern, der Bildschirm wurde Tag und Nacht belagert, Franz wurde eine Berühmtheit.

Dann trat ein zweites merkwürdiges Ereignis auf. Als Petra, eine Mitarbeiterin, den Chip besichtigte, bemerkte sie auf der Platine rund um den Chip feine Strukturen. Der Chip wurde in die Elektromikroskopie gebracht. Viele Fadenmoleküle hatten sich auf der Platine angesiedelt. Das war eine Sensation, der Fadenkristall hatte sich vervielfältigt. Kam doch so eine Vermehrung dem Begriff des Lebendigen beängstigend nahe.

Darauf folgte ein weiterer Paukenschlag. Als man eine erneute chemische Analyse durchführte, fand man Atome im Kristall, die in dem Ausgangsmaterial nicht vorhanden waren. Der Chip wurde sorgfältig abgeschirmt und in einer Edelgasatmosphäre isoliert, nun war kein weiteres Wachstum zu beobachten. Es musste also eine äußere Verbindung geben.

Die Fadenmoleküle kamen vermutlich von außen und lagerten sich an vorhandenen an. Nun ließ man das Wachstum zu. Eine neue Forschungsrichtung war entstanden und wurde fruchtbar. Franz Walde stieg zu einem angesehenen Wissenschaftler mit einem eigenen Team von Mitarbeitern auf. Ihm wurde ein Institut mit großem Budget übertragen. In kurzer Zeit hatte er sich habilitiert und war nun der berühmte Professor Walde.

Zahlreiche Computer wurden nach seinem Grundmuster bestückt und alle entwickelten das Wachstum der Kristalle und Eigenleben. Die Hardware der Computer blieb meist unangetastet. Nur mit der Entzifferung der Strukturen kam man nicht voran. Man fand zwar mathematische Perioden, die in Gleichungen gefasst werden konnten, das war aber für lange Zeit auch alles. Mit Sicherheit hatte man herausgefunden, dass die Fadenmoleküle, die sich auf den Substraten anreicherten, nicht aus der irdischen Atmosphäre stammen konnten, sondern von außerhalb zu kommen schienen. Forschungssatelliten wurden gestartet und viele Messreihen ausgewertet.

Die nächste große Entdeckung geschah erneut in Göttingen. Professor Walde hatte wieder einmal eine ziemlich abwegige Idee. Er wollte die Fadenmoleküle in andere kybernetische Systeme übertragen, und zwar in lebende. Kurzerhand injizierte er sich eine Aufschwemmung dieser Makromoleküle.

Professor Walde war enttäuscht, blieb doch dieser Versuch ohne nennenswerten Effekt, er wartete tagelang auf eine Reaktion. Dann nach gut einer Woche erlebte er eine kurze Periode starker Verwirrung, gefolgt von langsamer Rückkehr eines klaren Bewusstseins. Darauf ergriff ihn eine unermessliche Gedankenschärfe Er hatte Zugang zu Informationen, die unmöglich seinem Gehirn entsprungen sein konnten, sie schienen nicht einmal menschlicher Herkunft zu sein.

Franz Walde kam in Quarantäne. Wie sich später herausstellte, war eine Lawine losgetreten und nicht mehr aufzuhalten. Mit dieser Injektion begann die neue Zeitrechnung, das war die Geburtsstunde von etwas ganz Neuem, es war die Stunde Null. Wie sich später herausstellen sollte, war es der Anfang einer Symbiose zwischen Menschen und einer außerirdischen Intelligenz.

Der Herkunftsort der seltsamen Kristalle wurde ausfindig gemacht, alle stammten aus einem der Ringe des Saturn. Dieser

Ring besteht völlig aus vernetzten Fadenkristallen. Die Moleküle, die sich im freien Weltraum befinden, kommen alle von dort und haben die Aufgabe, Informationen zu sammeln und zurückzusenden.

Dieser Saturnring wird von einigen Leuten, die das religiöse Bild des Menschen als die Krone der Schöpfung bewahren möchten, als eine ungeheure stellare Apparatur interpretiert. Andere hingegen sehen darin ein gigantisches intelligentes Wesen. Dieser Fund passt zu keinem Begriff aus der bisherigen Erfahrungswelt. Doch dieses Unbekannte fand Einlass und nichts blieb so, wie es einmal war.

Der Druck der Öffentlichkeit auf die Leitung des Max-Plank-Instituts war zu stark, man konnte Professor Walde nicht länger isolieren. Die Wirkung der fremden Moleküle auf seine Person wurde öffentlich bekannt. Nun setzte ein gewaltiger Run auf die Einverleibung dieser Kristalle ein. Jeder wollte an der Maximierung seines Verstandes teilhaben. Schon im ersten Jahr der neuen Zeitrechnung wurde ein großer Teil der Menschheit mit den fremden Molekülen geimpft. Die gesamte Bevölkerung schien nichts anderes mehr im Sinn zu haben, als sich dieser Entwicklung erfolgreich anzuschließen. Der Umbruch war unbeschreiblich und radikal, betraf er doch alle Gebiete menschlichen Lebens.

Mein Name ist übrigens Charly, ich kam in das Institut von Professor Walde, als es gerade aufgebaut wurde, und war mit bei den Ersten, die eine Injektion erhielten. Was die neue Existenz bedeutet, erfuhr ich am eigenen Leib. Neue Aufgaben waren uns nun zugewachsen und es bestand die Notwendigkeit, die gesamte Organisationsform der menschlichen Gesellschaft umzugestalten. Ohne erprobte Modelle mussten wir eine möglichst optimale neue Struktur finden. Selbst die technischen Möglichkeiten schienen unerschöpflich. Energien waren kein limitierender Faktor mehr. Sogar die Beseitigung der täglich in Mengen anfallenden Zivilisationsreste, die vorher so viel Sorgen bereitet hatten, bildete keine Probleme mehr. In kürzester

Zeit gelang es uns, alle Bedürfnisse durch geschlossene Kreisläufe zu sichern. Die Möglichkeit, Egoismen und Ungerechtigkeiten aufzuheben schien greifbar nah. Das war faszinierend, doch kannten wir noch nicht die neuen Ufer. Fest stand, die Erde war zu klein geworden, unser Bewusstsein reichte bis hin zu dem Saturn. Wir waren in das Zeitalter der Milchstraße hinauskatapultiert worden. Die Dynamik der neuen Gegebenheiten wird uns ins Unergründliche weitertragen. Es gibt anscheinend keine Alternative, wir sind nicht einmal mehr Menschen, wenn man die alten Maßstäbe zugrunde legt.

Durch die Vereinigung mit dem anderen System sind wir zu neuen Wesen geworden. Auch der Ring des Saturn hat aufgehört, ein getrenntes Wesen zu sein. Dieses Wesen hat durch uns Handlungsfähigkeit und emotionale Regungen erhalten. Auch diese gewaltige Intelligenz ist im Aufbruch und muss sich neu organisieren. Gemeinsam stehen wir an einen Neuanfang.

Welche Potenz entstanden ist, kann noch immer nicht abgeschätzt werden.

Vereint durch die Kristalle sind alle infizierten Menschen zu einem riesigen Organ zusammengeschlossen. Der Informationsaustausch hat kaum Grenzen.

Menschen erfahren die Wirklichkeit nur als subjektive Aspekte, als winzige Bruchstücke. In der Symbiose können sich nun Erfahrungen anderer überlagern, und die Aspekte mehrerer Personen können sich zusammenfügen zu einem größeren Ausschnitt, zu einer erweiterten Erkenntnis. Auch mit unseren neuen Möglichkeiten sind wir noch immer nicht fähig, die Wirklichkeit zu begreifen, wir können uns aber mehr von ihr erschließen.

Für das Verhältnis der symbiotischen Menschen untereinander hat dieser Wandel tief eingreifende Konsequenzen. Jeder weiß, dass sein Gegenüber die gleichen Fähigkeiten besitzt, und jeder ist sich sicher, dass niemand ihm Fallen stellt oder herabwürdigt. Wir haben volles Vertrauen untereinander und sind gleichberechtigt und kooperativ.

Dieser Wandel vollzieht sich aber nicht ohne Schwierigkeiten. Eine größere Gruppe von Menschen, es sind ungefähr 20%, lehnt es ab, sich in die neue Gesellschaft einzufügen. Es gab Aufstände und Gewalt. Wir fanden aber schnell die Mittel, durch psychische Beeinflussung die Emotionen zu beruhigen, und schufen Strukturen, die ein friedvolles Zusammenleben sicherstellten.

Ich bin mir sicher, dass unsere neu erworbenen Fähigkeiten auch diese Menschengruppe nach und nach überzeugen werden und sie nicht allzu lange abseitsstehen werden. Wenn ich mir vorstelle, wie schwer es mir vor der Injektion gefallen ist, mich in Probleme hineinzudenken und sie einer Lösung zuzuführen, ist das neben den vielen anderen Vorteilen schon ein Grund, über unsere Umformung glücklich zu sein.

Nun glauben Sie wohl, ich schwärme. Richtig, wie sollte das auch anders sein. Kein Traum hätte ausgereicht, diese neue Welt zu erahnen, und so vieles liegt noch vor uns. Uns erwartet eine Zukunft, die wie die Tiefen des Raumes unserer Vorstellung entgleitet.

Mit der Euphorie dieses Umbruches kam mir die Idee, ein kleines Tagebuch zu führen. Ich möchte in der Hektik der Entwicklung einen Ruhepol schaffen und mich auf die alte Welt besinnen.

Das, so denke ich, wird mir helfen, in die Gegenwart kleine Reste der Vergangenheit einfließen zu lassen. Sie dienen mir als sichtbarer Kontrast zum besseren Verständnis unserer neuen Entwicklung.

Je schneller wir fortschreiten, desto wichtiger werden die Rückbesinnung und die Bewahrung der Erinnerung, damit wir nicht den Halt verlieren.

Charlies Tagebuch

1. Tag, 31. Woche

3. Umlauf der Erde um die Sonne

Nach der neuen Zeitrechnung: **1.31.3.**

Gute Vorsätze zwingen mich, nach diesem arbeitsreichen Tag noch zu schreiben. Zum Glück habe ich weiterhin meinen alten Computer mit dem Schreibprogramm. Meine Sammelleidenschaft und meine Erinnerungen sind nun die Nabelschnur zur Vergangenheit.

Nach der hektischen Periode, in welcher der Run auf Injektionen auch mit dem Einsatz allen verfügbaren Medizinpersonals nicht zu bewerkstelligen war, tritt allmählich etwas mehr Ruhe ein. Inzwischen sind schon etwa die Hälfte aller Menschen geimpft und die Impfaktion läuft nun in geordneten Bahnen. Leider sind es einmal wieder die Industriestaaten, die schon fast durchgeimpft sind, und die große Masse der Entwicklungsstaaten konnte nur schleppend bedient werden. Ich hoffe doch sehr, dass diese Ungleichverteilung der Ressourcen sich in der neuen Zeit beheben lässt.

Eines der größten Hindernisse auf dem Weg zur Gleichberechtigung aller Regionen waren die Umweltprobleme, die mit einem Mangel an erneuerbarer Energie einhergingen. Niemand hatte erhofft, dass durch unsere Symbiose mit der Interstellaren Intelligenz dieses größte Problem der Erde schon in kurzer Zeit sich in Luft auflösen würde. Durch sie bekamen wir die Informationen zur direkten Materie-Energieumwandlung. Professor Walde arbeitet mit Physikern in der ganzen Welt zusammen und versucht, den schnellen Aufbau von Kraftwerken zu koordinieren. Es ist ohne Zweifel eine sehr gefährliche Technologie und die Sicherheit muss bei den enormen Mengen an Energie, die freigesetzt werden können, an erster Stelle stehen. Schon im Grammbereich hat Materie einen Energiegehalt, welcher die Kernspaltung in den Schatten stellt. Mit dieser sauberen Energie können wir nun daran gehen, das geschädigte irdische Gleichgewicht wieder herzustellen. Der Natur werden wir wieder Raum geben, die Nahrungsmittel künstlich in genügender Menge produzieren und die Vermüllung durch Zivilisationsabfälle vermeiden. Das sind alles Aufgaben, die in allernächster Zeit angegangen werden müssen, jetzt haben wir die Mittel dazu. Es ist eigentlich kaum zu glauben, wir standen am Abgrund, der Menschheit drohte die Vernichtung durch die Zerstörung ihrer eigenen Umwelt. Alle Programme zur Verhütung einer Katastrophe scheiterten an Energie, Verteilungs- und Massenproblemen.

Die Hektik und die noch nicht abschätzbaren Auswirkungen unserer Vereinigung mit der uns gänzlich fremden Intelligenz und dann noch diese Fülle der Aufgaben, mir schwirrt der Kopf.

2.31.3.

Schreiben ist schwierig. Ich platze von dem, was ich festhalten möchte, und bringe immer nur ein Tüpfelchen aufs Papier. Die größte Schwierigkeit liegt darin, dass die Sprache mit ihren traditionellen Begriffen nicht mehr ausreicht. Für so viele Fakten fehlen mir die richtigen Worte.

Zum Beispiel schreibe ich: „Wir müssen erst lernen, von unseren Möglichkeiten den richtigen Gebrauch zu machen." Früher wäre das ein verständlicher, normaler Satz gewesen. Heute müsste ich fragen: „Wer ist dieses ‚'Wir`?" Das ist nicht unwichtig, denn dieser Begriff steht für eine Mehrzahl von Individuen. Genau genommen müsste man nun das „Wir" und das „Ich" gleichzeitig anwenden. Doch dafür fehlt das Wort, denn dieser Zustand ist neu. Jeder Einzelne ist durch das Fadenmolekül mit der Interstellaren Intelligenz verbunden und damit auch mit allen anderen Menschen.

Zur Verständigung untereinander sind oft nicht einmal mehr Worte notwendig. Die Sprache ist allerdings noch immer der häufigste Informationsträger im menschlichen Teil des Verbundes. Emotional sind wir Einzelwesen und daher pflegen wir die Sprache umso bewusster, je weniger wir auf sie angewiesen sind. Nun, ich werde für mein neues „Ich“ weiterhin das Wort „Wir“ verwenden. Trotzdem muss ich wohl von Fall zu Fall redundante Worte vor Gebrauch definieren. Für meine Aufzeichnungen genügen wohl noch die alten Bedeutungen.

In unserer neuen Situation fühlen wir uns manchmal wie Fremde in einem anderen Land und können uns, trotz des enorm gesteigerten Leistungsvermögen, nur nach und nach alles zu eigen machen. Auch in meinen Gedanken muss ich erst wieder heimisch werden. Unmengen von Informationen stürzen in kürzester Zeit auf mich ein. Am Ende dieser Gedankenketten stehen nach wie vor Widersprüchlichkeiten.

Die alten großen Rätsel leben immer noch. Der Weg zum Begreifen ist noch immer weit. Teile des alten Weltbildes haben überlebt und Beschränkungen der Vergangenheit überwunden. Mir fällt es schwer, Altes und Neues auseinanderzuhalten.

Wir können nun sogar Regelkreise mit vielen Faktoren in Gedanken nachvollziehen und die Qualität jedes der Stellglieder bei Veränderung eines Zustandes finden. Das ist ein großer Vorteil, der zuvor nur mit großem elektronischem Aufwand bewältigt werden konnte. Doch die Lawine der Informationen ist derart angeschwollen und eilt den Möglichkeiten der Verarbeitung voraus. Dort muss sich in Zukunft der Verbund bewähren. Ein Zustand bei Maximierung des Gesamtsystems ist zurzeit in keiner Weise abzuschätzen.

Die Konsequenzen machen mir noch Angst, das gebe ich zu, große Angst sogar. Könnte sich ein Mensch vergangener Zeiten vorstellen, was es heißt, eigene Gedankenketten gemeinsam mit anderen zu verarbeiten und gleichzeitig an denen anderer Personen mitzuarbeiten? Sogar komplexe Gedanken weisen wir der Interstellaren

Intelligenz zu und übernehmen die Ergebnisse, als wären sie die eigenen.

Das hört sich wie die Aufgabe jeder Individualität an, ist es aber nicht, denn wir haben die eigenen Emotionen. Mein „Nein" kann neben dem „Ja" meines Nachbarn existieren. Ich kann mich mit der Meinung vieler auseinandersetzen oder auch nicht und mein „Nein" kann selbst mit einer Majorität von „Ja" weiter bestehen.

Ein völlig anderer Begriff von Intelligenz ist entstanden, denn sie ist nicht mehr als quantitativer Faktor oder Kapazitätsbegriff zu verstehen, Sie zeigt sich in dem etwas Andersartigem und trotzdem Folgerichtigem. Es ist sicher, wir werden zu besseren Ergebnissen kommen und in nie erträumte Gebiete vorstoßen. Das ist weder gut noch schlecht, es ist unsere Wirklichkeit. Um mit diesen Gegebenheiten umzugehen, bedarf es noch großer Anstrengungen.

3.31.3.

Die Frage, ob die ausgeübte Arbeit sinnvoll ist, hat wohl eine genauso alte Geschichte wie die Arbeitsteilung. Die Antwort kann nur den Willen des Fragenden spiegeln, denn nur er kann einen Sinn hineingeben. In unserer neuen Existenz muss diese Frage neu beantwortet werden. Einen subjektiven Sinn kann es nicht mehr geben. Da sich diese Frage auch auf unsere Möglichkeiten in der Zukunft bezieht, ähnelt sie heute schon einem statistischen Problem. Kausale sinnvolle Beziehungen zu unserem Tun werden wir immer nur für die Vergangenheit aufzeigen können.

Diese Frage beschäftigt mich im Zusammenhang mit meiner jetzigen Arbeit. Meine Aufgabe ist die Beseitigung unserer Umweltprobleme, aber vor allem der Informationsaustausch mit der fremden Macht.

Wir brauchen insbesondere neue Strukturen, in denen sich die neuen gesellschaftlichen Kräfte einbringen können. Die Abstimmung so vieler Stellglieder wird geraume Zeit in Anspruch nehmen. Der Austausch mit unserem Partner im All ist nicht so leicht, da der Informationsaustausch nur im Minutentakt verläuft und auch mit diesem neuen Glied der Gemeinschaft ist immens viel zu koordinieren. Die Intelligenz in dem Saturnring muss erst das menschliche Sein mit menschlichem Denkvermögen und mit den Emotionen verinnerlichen, die diesem Wesen völlig fremd sind, und wir müssen uns an logische Strukturen gewöhnen, die oft nicht kompatibel sind. Genau betrachtet hakt es an allen Enden. Meine Forschung, die mir vor der neuen Zeit ein wichtiger Lebensinhalt war, ist mit gänzlich entglitten. Ich arbeite an Problemen, für die ich nicht ausgebildet bin, die ganz neu für mich sind, und das Tollste, ich kann es. Ich weiß nicht einmal, wie es kommt, dass Professor Walde zu einem Drehpunkt in der neuen Entwicklung geworden ist, die planetarische Intelligenz scheint eine Präferenz für ihn zu haben, und ich bin zu seiner rechten Hand geworden.

4.31.3

Als Kind in der Pubertät hatte ich große Schwierigkeiten mit dem Gefühl zwischen Intellekt und Emotionen zerrissen zu werden. Oft glaubte ich mich nahe dem Punkt, verrückt zu werden, und sah mich gezwungen, zwischen den beiden Polen eine Entscheidung zu treffen.

Der Kampf zwischen den beiden vermeintlichen Gegensätzen dauerte einige Zeit und bereitete mir viel Kummer. Dann allmählich begriff ich Intellekt und Emotion als zwei Seiten derselben Münze, ich gewann Selbstsicherheit. Die Unterschiede hoben sich auf und ich fand Frieden.

Dieser Frieden ist erneut in Gefahr und die Frage stellt sich wiederum. Der Intellekt ist das große „Ich", das sind alle. In meiner Person laufen nur Teilprozesse. Die

Emotionen sind privat, das reißt wieder alte Gräben auf.

Die Vielfalt ist noch nicht zur Person geworden, da die Emotionen weiterhin auf Individuen verteilt sind. Die Interstellare Intelligenz ist nicht oder noch nicht fähig, Emotionen mit einzubeziehen. Sie sind gebunden an Sinnessysteme, die ihr fremd sind und an deren Gegebenheiten sie sich erst gewöhnen muss. Sie vermag diese für sie neuen Möglichkeiten noch nicht zu handhaben. Ihr einziges Sinnessystem waren bisher die Fadenmoleküle mit der Verrechnung von Daten und deren Übermittlung. Nun ist sie mit der Vielfalt menschlicher Sinneseindrücke konfrontiert. Das sind Daten, die in ihrem Sinne nicht objektiv sind. Ihr zentrales Bewusstsein ist etwas in Verwirrung geraten. Alle Kanäle werden intensiv genutzt, um diesen Zustand zu überwinden. Noch ist ein Gleichgewicht nicht in Sicht.

Unser gesamtes System befindet sich in einer schwierigen Pubertät mit Gefahren und Leiden. Wie lange dieser Zustand anhält, ist weder abzuschätzen noch ist ersichtlich, ob er überhaupt ganz behoben werden kann.

Für uns habe ich die Erwartung, wenn sich erst diese neue „Ich" in allen Personen etabliert und Freiheit gewonnen hat, wird für dieses „Ich" auch ein neues Wort gefunden werden, um diesen Begriff konkret zu benennen.

Eigentlich wollte ich in Relation zur Vergangenheit berichten, doch die Gegenwart hat mich zu sehr gefesselt. Ich werde mir Mühe geben, meinen Intentionen in Zukunft besser zu folgen.

5.31.3.

Heute musste ich an die dunklen Seiten der menschlichen Vergangenheit denken. Die Geschichte ist voller Gegebenheiten, die bittere Scham erzeugen. Vielfältig waren Mord und Gewalt, Betrug und Erniedrigung. Kann das alles ersatzlos gestrichen werden? Dürfen diese dunklen Möglichkeiten ganz aus dem kollektiven Bewusstsein ausgeschlossen bleiben? Was ist dann mit Aufopferung, Hingabe, Hilfsbereitschaft, Aufrichtigkeit und Erhabenheit? Was mit dem weiten Spektrum der Freiheit? Kann auch die Abwesenheit des „Bösen" versklaven? Auch unsere Moral ist im Umbau und wie alles in Fluss geraten. Eine endgültige Gestalt ist noch nicht auszumachen.

Gegenseitig können sich keine Personen mehr Schaden zufügen, zu eng sind die Verbindungen und zu mächtig das in Bildung befindliche „Gesamt-Ich". Werden wir nun unsere Möglichkeiten im Guten wie im Schlechten nach außen richten? Um das herauszufinden, bräuchten wir Partner, fremde Intelligenzen, denen wir freundlich oder feindlich gegenübertreten könnten. Eine solche Konfrontation wäre eine Prüfung für das Gesamtsystem, das wir dadurch besser kennenlernen würden.

Das ist leider zu hypothetisch. Da ist der tiefe Graben, die Raum-Zeit, dieses

Gefängnis. Könnten wir das sprengen, wäre der Höhepunkt einer möglichen Entwicklung schon erreicht. Was bietet dann die Zukunft? Oder ist das nur eine eingeengte Perspektive und die Möglichkeiten der Zukunft sind unerschöpflich? Das halte ich für kaum wahrscheinlich. War das „Gesamt-Ich" vielleicht sogar ein Fehler, so etwas wie eine Selbstaufgabe? Das darf nicht sein, denn es gibt keinen Weg zurück.

Heute ist für mich ein rabenschwarzer Tag im Gespinst dunkler Gedanken. Die Schwingungen der Emotionen scheinen von außen hochgeschaukelt zu werden. Sind das Anzeichen dafür, dass die Emotionen nach und nach einen Gesamtprozess bilden?

Das darf nicht geschehen, wir sollten uns dagegenstemmen. Wir müssen uns auch in der Gesamtheit bewahren, nur so sind wir zudem für das System wertvoll. Außerdem sollten wir die Automatik der Gedankenverbindung auf einen kontrollierten Prozess des Willens begrenzen und den Zugriff nur im Einvernehmen ermöglichen.

Das wäre auch ein Mittel für die Interstellare Intelligenz, um sich aus der durch die Teilhabe an menschlichen Emotionen erworbenen Verwirrung zu lösen.

Diese Botschaft habe ich intensiv ausgesandt und fühle sehr viel Zustimmung. So könnten wir der Entwicklung eine etwas andere Richtung geben.

3.32.3.

Wir haben anscheinend eine Krise durchlaufen, die sich aber bereits stabilisiert. Momentan wird an einer einfachen Adressierung gearbeitet. Wenn ein Kontakt willentlich kontrolliert werden soll, müssen eine Anfrage erfolgen und somit eine Adresse vorhanden sein. Die Entwicklung des Algorithmus wird von der Interstellaren Intelligenz leicht erledigt. Die Bildung der Gesamtorganisation steht damit wieder an einem Anfang und wird komplexer. Wir werden einen Aufgabenbaum für alle Bereiche festlegen, den wir dann von außen mit Inhalten füllen - einen Baum mit variablen Stellgliedern, die sich allen zugefügten Gliedern angleichen. Das sind nur grobe Umrisse.

Unsere Herausforderungen und Aufgaben sind sichtbar kaum weniger geworden, im Gegenteil, wir müssen uns durch einen gewaltigen Berg neuer Bedingungen durcharbeiten. Doch eins ist sicher, das Land dahinter darf kein Schlaraffenland sein, wir sind dem aber schon beängstigend nah.

5.32.3.

Ich schreibe unserer menschlichen Tradition zuliebe und möchte damit konservieren und erhalten. Bei all der Mühe lege ich zugrunde, dass diese Kunst sich allgemein erhält und die Aufzeichnungen auch noch in Zukunft gelesen werden können. Da dieser Bericht absichtlich subjektiv ist, wird sich ein Leser dann fragen, wer schrieb das eigentlich. Da nützt keine Zurückhaltung, ich habe diesen Schritt getan und kann nicht in Deckung bleiben. Allzu große Nähe bewirkt Unschärfe, also kann in dieser Selbstdarstellung Wesentliches nicht von Unwesentlichem getrennt werden.

Sie wissen, ich arbeite in der Arbeitsgruppe von Professor Walde. Das weist meine Fachkenntnisse aus und aus dem, was Sie bisher gelesen haben, ist Ihnen schon ein kleines Bild entstanden.

Nun zur Vervollständigung. Zu Beginn der neuen Zeitrechnung war ich 42 Jahre alt. Nun konnte ich gerade in der 29. Woche meinen 45. Geburtstag feiern. Verheiratet bin ich seit 21 Jahren und einige Zeit länger verliebt in die Frau, mit der ich zwei Kinder gezeugt habe. Die Kinder sind schon flügge und gehen ihre eigenen Wege. Zusammenkünfte mit ihnen werden knapper und sie fehlen uns ein wenig. Das ist aber wohl in Ordnung. Seit die Kinder nicht mehr unserer Fürsorge bedürfen, suchen wir umso mehr gegenseitige Nähe und die Abwechslung in unserer Arbeit. Das sind die beiden

Pole, unsere Zweisamkeit sowie die Forschung und Arbeit an der neuen Gesellschaft.

Ich bin ein ruhiger und introvertierter
Mann und liebe Bewegung und körperli-
che Betätigung. Ich treibe vielerlei Sport
und Anstrengungen, bis der Körper ermat-
tet. Gemeinsam mit meiner Frau besteige
ich mit Begeisterung Berge. Ebenfalls liebe
ich geistige Anstrengungen und Herausforderungen. Ich spiele gern Schach und lese
viel, meist Lektüre der Geistes- und Natur-
wissenschaften. Ich mag Kunst, die fordert
und zu Auseinandersetzungen reizt. Gesel-
ligkeit in Gruppen fällt mir schwer. Nicht
weil ich keinen Zugang zu anderen Menschen finde, vielmehr ist der Grund, dass
ich bei der kleinen und nichtssagenden
Rede blockiert bin. Das hat sich aber in der
neuen Zeit radikal geändert, weil die
nichtssagende Rede allgemein auszuster-
ben scheint. In geistigen Auseinandersetzungen reißt es mich meist fort und ich
kann kein Ende finden, dabei komme ich
emotional auf Touren. Man könnte sagen,

dass ich ein Streithammel aus Passion bin. Die Situation der ausgeweiteten Denkkapazität macht mich sehr glücklich. Nicht jenes Glück, dass ich bei meiner Frau und den Kindern finde, aber ein sehr starkes Glücksgefühl, das auf dem Empfinden, reich geworden zu sein, beruht und dem Bestreben, diesen Reichtum zu nutzen.

6.32.3

Die Unsicherheit hat sich gelegt. Die erste Euphorie hatte uns zu weit voraus geschleudert. Das überforderte die Stabilität aller beteiligten Systeme. Jetzt, wo wir einen Schritt zurückgegangen sind und der Zugriff auf ein anderes System nur mit dessen Einverständnis erfolgen kann, setzt wieder eine rasante Entwicklung ein - eine Dynamik, der es schwerfällt zu folgen, die aber in der Gesamtheit gut kontrolliert ist. Diese Entwicklung war aber auch immens notwendig, denn die Menge der dringlichen Arbeiten ist enorm.

Die Basis, auf der sich die entwickelnde Organisation aufbauen soll, ist fertiggestellt. Es war eine schwierige Arbeit, denn die Grundsteine sind aufwendig, muss doch jeder noch so kleine Schritt sorgfältig in allen Bezügen überprüft werden. Das Material dieser Überprüfung ergibt aber schon einen Vektor für den weiteren Ausbau unserer Lebensgemeinschaft.

7.32.3.

Der 7. Tag wird zur Besinnung und Ruhe beibehalten. Alle Arbeiten, die nicht unbedingt erforderlich sind, ruhen wie in alter Zeit. Meine Frau und ich werden einen Ausflug machen, laufen und Gedanken austauschen. Das Wetter ist uns hold.

1.33.3.

Nun haben wir ausreichend Energie, jetzt müssen wir sie auch gut und umweltschonend einsetzen. Noch immer wird nicht genügend tierisches Gewebe künstlich erzeugt und Haustiere werden für den Fleischkonsum geschlachtet. Darin müssen mehr Anstrengungen unternommen werden. Für die Milchproduktion sind Kühe zu aufwendig geworden, man könnte die Tiere in der Natur freilaufen lassen, wenn es nicht so viele wären und wenn nicht das hochgezüchtete Milchvieh auf das Abmelken angewiesen wäre.

Eier können wir noch nicht künstlich herstellen, wenigstens sollte man die Hühner frei laufen lassen. Das sind Probleme, die sicher einige Zeit brauchen, bis sie sich von der Vergangenheit losgelöst haben. Damit bin ich abgeschweift, mit derartigen Problemen bin ich nicht befasst. Ich fand es nur interessant, als ich es hörte.

Auch die Raumfahrt sollte ein neues Ziel erhalten. Wir haben jede beliebige Menge an Energie für den Ferntransport zum Mond, um dort benötigte Erze zu gewinnen, selbst zum Mars ist es nur ein Zeitproblem. Wir können ein Netz von Raumstationen aufbauen, um dort Arbeiten zu verrichten, die auf der Erde nicht oder nur gefahrvoll ausgeführt werden können.

2.33.3.

Heute wollte das Interstellare System Zugriff auf mein Nervensystem nehmen. Das verwunderte mich, aber natürlich hatte ich keine Vorbehalte. Ich hätte nicht gedacht, dass nach allem, was geschehen ist, ein Zugriff eine so große Erschütterung auslösen kann. Vor allem, da ich ja einen winzigen Teil dieses Systems in mir trage.

Ich bekam dann als Ausgleich eine Rückmeldung und habe nun Informationen über den emotionalen Bereich meines Nervensystems, die ich von mir aus nicht erschlossen hätte. Ob mir diese Informationen wohl nützlich werden können? Ob ein näherer Anlass für diesen Kontakt bestand, habe ich nicht erfragt.

4.33.3.

Ein schreckliches Unglück ist geschehen. Ein neues Raketensystem sollte getestet werden. Energie zum Antrieb war nun genügend vorhanden, man musste nur auf die Erdsphäre Rücksicht nehmen und mit eingeschränkter Antriebsenergie starten. Jenseits der Mondumlaufbahn sollten dann große Mengen an Energie eingesetzt werden, um das Raumschiff in die Nähe zur Lichtgeschwindigkeit zu beschleunigen. Dazu sollte ein Photonenantrieb benutzt werden. Die Umsetzung einer größeren Masse Materie muss dann wohl eine Kettenreaktion ausgelöst haben.

Jedenfalls scheint die gesamte Masse der Rakete in Energie umgewandelt worden zu sein.

In einer Entfernung zur Erde, die der dreifachen Entfernung der Mondbahn um die Erde entsprach, geschah eine nicht zu beschreibende Explosion. Die Detonation war so gewaltig, dass der Mond, der zwischen Erde und dem Explosionsort stand, aus der Bahn geworfen wurde und mit einem großen Aufwand schnellstens wieder stabilisiert werden muss.

Durch die problemlose Energiegewinnung der letzten Zeit hatten wir die enormen Energieinhalte nicht mehr recht im Auge und sind wohl zu sorglos gewesen. Bei der Kernspaltung und bei der Kernfusion wird stets nur ein kleiner Teil der Materie in Energie umgewandelt, das ist Schulbuchwissen. Bei diesem Raketenversuch wurde wohl die Energie der gesamten Materie freigesetzt.

Die versehentliche Gesamtfreisetzung stoppt nun alle Versuche mit einer neuen

Raketentechnologie, das Risiko ist zu groß. Als Ergebnis des Experiments zeigt sich lediglich die Möglichkeit, eine riesige zerstörerische Kraft erzeugen zu können, die zu Weltraumtechniken benutzt werden könnte, zum Beispiel zur Zerstörung eines gefährlichen Asteroiden.

Trotz allen Zuwachses an Möglichkeiten sind wir wohl immer noch wie die Zauberlehrlinge. Wir können nicht alle Faktoren berücksichtigen, so sehr wir uns auch bemühen, da deren Anzahl gegen Unendlich tendiert. Erreichen können wir immer nur Wahrscheinlichkeiten.

5.33.3

Eine wachsende Zahl von Gedankenkontakten kommt in letzter Zeit auf mich zu. Positionen außerhalb meines Fachs werden abgerufen. Ich hatte Kontakt zu vielen bedeutenden Personen und noch drei weitere Kontakte zur Interstellaren Intelligenz. Ich bekomme ohne Anfrage

Informationen aus fremden Fachgebieten. Etwas bereitet sich vor, etwas, das ich noch nicht richtig einordnen kann.

6.33.3.

Ein altmodisches „persönliches" Gespräch gab mir Klarheit. Unüblicherweise kam Professor Walde mit vier weiteren Herren in meine Arbeitsräume. Nach kurzer Einleitung wurde die Interstellare Intelligenz mit einbezogen. Man bittet mich, die Leitung eines Teams für Neuorganisation zu übernehmen.

Ich glaube, das ist so eine Art Politikerposten. Ich weiß nicht, wodurch ich dafür geeignet sein könnte, aber bei den häufigen Kontakten in letzter Zeit wurden meine Fähigkeiten wohl geprüft. Wenn die außerirdische Intelligenz und diese bedeutenden Personen mich für geeignet erachten, werden sie wohl Gründe dafür haben. Die Dimension dieser Aufgabe reizt und schreckt mich zugleich. Der Schreck ist wohl auch

Trägheit, vor allem aber die Befürchtung, weniger Zeit für meine Frau erübrigen zu können, was mich sehr betrüben würde. Wie aber sollte man sich so einer Aufgabe entziehen?

Mein neuer Arbeitsplatz wird ein Amt mit ca. 100 Mitarbeitern sein. Anfangs werde ich dort wohl anwesend sein müssen. Täglich sollen Konferenzschaltungen mit allen Teilen des Amtes und dem Interstellaren Partner stattfinden, in denen dann schrittweise Festlegungen für die zukünftige Ordnung getroffen werden.

Dann werden sich viele andere Ämter wie Zweige an einem Baum entwickeln und gegliedert in Funktionseinheiten um Einzelheiten kümmern. Der Rat, zu dessen Führung ich berufen bin, soll der Stamm sein, der das Wachstum der neuen Ordnung überwacht. Es wird keine Mehrheitsentscheidungen geben. Festgelegt und fortgeschrieben wird nur, was keinen Widerspruch erregt. Unsere Ordnung soll auf umfassende Zustimmung gegründet sein.

7.33.3.

Heute war ein hektischer Tag. Schon sehr früh am Morgen begannen Gespräche mit meiner Frau, das war für mich eine Notwendigkeit, um mir selbst Klarheit zu verschaffen. Noch in unserer Unterhaltung begann ein Andrang zur Erlaubnis von Gedankenkontakten. Das Bett habe ich erst zu Mittag verlassen. Mir brummte der Kopf von den vielen fremden Gedanken und von der eigenen Kopfarbeit. Ich habe den Wunsch, mich erst einmal nach außen abzuschließen, um meine Gedanken zu ordnen. Sollte das der Zustand sein, in den ich hineingeraten bin? Für den Aufbau des neuen Amtes werde ich wohl meine Gedanken besser abschirmen müssen, damit noch Kapazität bleibt, um die Planung voranzutreiben. Die kommende Woche wird sehr viel Kraft erfordern.

6.34.3.

Ich bin in einem euphorischen Zustand. Neue Informationen, die bisher weit hinter meinem Horizont lagen und nicht einmal ein besonderes Interesse erregten, stürmen auf mich ein. Durchaus nicht alle Menschen sind in dem Bund eingeführt. 1400 Millionen warten noch auf die Injektion, obwohl ein großes Heer von Medizinern tätig ist. Mehr als eine Million Menschen lehnen die Einbindung jedoch ab. Ihnen ist offenbar an einer Ausweitung des geistigen Potentials nicht gelegen. Sie wollen weiter traditionell leben. Diese Menschen müssen ihre Freiräume bekommen, ohne dass dadurch die neue Organisation beeinträchtigt werden kann. Da die Gesamtheit und diese kleinen Gruppen unterschiedliche Interessen haben, wird in vielen Fragen keine Übereinstimmung zu erzielen sein. Dadurch entsteht unvermeidlich eine Machtfrage. Dabei wird es darauf ankommen, störende Gewalt möglichst auszuschließen. Bei dem großen

Ungleichgewicht der Möglichkeiten, die diese Randgruppen gegenüber dem Bund haben, werden wir auf eventuelle Gewaltausübung jedoch so friedvoll wie möglich reagieren.

2.35.3.

Es kommt vor, dass man sehr seltsame Tatsachen einfach hinnimmt, ohne sie richtig wahrzunehmen. So ist es mit der Interstellaren Intelligenz. Was war sie, bevor wir Teile von ihr zur Erde brachten? Sie hatte keine Technologie, sie konnte nur die Informationen aufnehmen und verarbeiten, die zu ihr kamen. Sie existierte ohne Emotionen, jedenfalls in unserem Sinne. Was wusste sie von Raum und Zeit? Sie hatte große Schwierigkeiten sich in unsere Gefühlswelt einzudenken. Dabei haben wir fast übersehen, dass die Schwierigkeiten, sich unsere Technologie und unser Weltbild anzueignen, fast noch mehr Einarbeitung erforderten. So musste ihr

vorhandenes Wissen andere Strukturen
entwickeln, um Informationsinhalte aus
dem menschlichen Bereich aufzunehmen.
Bei der Erforschung des Universums war
sie bisher wie wir auf den Informationsgehalt elektromagnetischer Strahlen angewiesen. Durch die unterschiedlichen Gegebenheiten kamen unterschiedliche Resul-
tate zustande, die sich jetzt gegenseitig be-
fruchten können. Dadurch dass elektro-
magnetische Strahlen und auch Materie-
teilchen aus dem Raum absorbiert, ge-
beugt, abgelenkt, reflektiert, polarisiert,
fokussiert, gestreut und überlagert werden können, sind viele Interpretationen
möglich. Überspitzt könnte man sich vorstellen, dass die Vielfalt des fernen Alls
zum großen Teil aus optischen Phänome-
nen besteht, die leicht fehlinterpretiert
werden können. So können Ausdehnung
und Eigenbewegung des Universums nur
Täuschung sein. Unsere Ergebnisse stammen von spektralen Verschiebungen, aus
winzigen Unterschieden zwischen gemessenen Winkeln und aus scheinbaren Hellig-
keiten. Vielleicht können Erkenntnisse der

Interstellaren Intelligenz dazu führen, Widersprüche in unserem Weltbild zu beheben.

3.35.3.

Ich habe versucht, meine Gedanken über den Ausgleich von Erkenntnissen zwischen zwei so unterschiedlichen Systemen meiner Frau zu verdeutlichen. Meine Unfähigkeit, ihr ohne Reduktionen klarzumachen, was ich wirklich meinte, mit allen Unschärfen, Anklängen und Facetten, die ich einschließen möchte, hat mich deprimiert.

Wie soll der Leser meiner Aufzeichnungen, das was ich niederschreibe, aufnehmen können, wenn meine kluge Frau bei dem, was ich ihr sagen und gedanklich übermitteln wollte, immer wieder durch Nebensächlichkeiten in eine falsche Richtung gelenkt wurde?

Unscharfes kann konkret erscheinen, Wichtiges hingegen unscharf werden oder sogar einen anderen Sinn bekommen. Dann sieht das übermittelte Bild dem Original wenig ähnlich. Ist das ein allgemeines Problem der Informationsvermittlung oder nur meine eigene Unfähigkeit? Für mich ist es eine neue Erkenntnis, dass die Gedankenvermittlung auch keine besseren Ergebnisse hervorbringt, wenn man auf Worte verzichten kann. Immer werden nur Teilgedanken übermittelt und ordnen sich in andere Strukturen. Verstehe ich die Gedankengänge anderer Menschen nicht auch nur auf meine Weise? Zwischen zwei Systemen herrscht immer Redundanz. Ist das vielleicht auch der Grund, dass andere Menschen mir oft so simpel in ihrer Gedankenwelt erscheinen?

4.36.3

Wir erarbeiten die Grundkonzeption der Verwaltung des gesamten Gemeinwesens. In der Geschichte der Menschheit gab es viele unterschiedliche Organisationsformen des öffentlichen Lebens, meist mit Gewalt und Unterdrückung.

Die Frage der Macht stand immer im Zentrum der „Polis". Langsam kristallisierten sich in der Geschichte Strukturen heraus, die ein Minimum an Gewalt für Einzelpersonen brachten. Diese Regierungsform wurde Demokratie genannt. In der Demokratie galt der Mehrheitsentscheid, nicht in allen Fragen, sondern speziell in der Frage der Macht. Alle Bereiche des Staates, von der Information über die Verwaltung bis zur Staatsgewalt, wurden in möglichst kleine Teile zerlegt. Sie wurden entflochten, damit sich keine Machtstrukturen innerhalb des Staates bilden konnten. Um Vorstellungen durchzusetzen, brauchte man die Zustimmung einer Mehrheit. Die Willensbildung geschah durch Kommunikationssysteme und in gesellschaftlichen Organisationen, selbst religiöse Gruppen nahmen daran teil.

Dem Willen der Staatsangehörigen wurde durch Wahlen Ausdruck verliehen.

Dadurch wurde der Machtanteil einzelner Personen auf die Organe übertragen. Das war ein zäher Prozess, aufwendig und auf stete Kontrolle angewiesen. Solange Kontrollen funktionierten, war diese Staatsform allen anderen weit überlegen.

Die Bedingungen unserer Gemeinschaft haben sich nun grundlegend gewandelt. Wir können nicht auf evolutionäre Prozesse der Staatenbildung zurückgreifen. Wir müssen bei unserer Organisationsform mit dem Handikap der Theorie starten. Eine ungeheure Kapazität, um Modelle zu berechnen, ist uns dabei eine Hilfe. Unsere Staatsform muss möglichst gewaltfrei sein und sich unvorhersehbaren Entwicklungen anpassen können. Im Vordergrund steht die Unantastbarkeit des Individuums. Die Kontrolle hat durch den Verbund aller Einzelnen eine andere Dimension bekommen.

5.36.3.

Dass die kybernetische Entwicklung zur Zeit des Umbruchs schon so weit fortgeschritten war, erweist sich als großes Glück. Die Hardware komplizierter Netzwerke steht uns nun zur Verfügung und kann in ein zu bildendes neues System implantiert werden, in dem auch alle Einzelpersonen und unser Interplanetarischer Partner mit einbezogen sind. Der Entscheidungsprozess muss durch jeden der Partner zu kontrollieren sein und darf sich nicht über andere Meinungen hinwegsetzen. Das ist die Schwierigkeit, an der wir arbeiten. Speicherplatz ist kein Thema mehr, er steht fast unbegrenzt zur Verfügung, da die Kapazität im Ring des Saturn unerschöpflich scheint.

Die Software zur Regelung und zur Kontrolle dieses fast unübersehbaren Systems nimmt in meinem Amt schon feste Formen an. Bei der Vielzahl der Stellglieder kann nur mit einer Reduktion der Daten gearbeitet werden und wir müssen Sorge tragen, dass die Software eindeutig nicht zu manipulieren ist. Der Reduktionsalgorithmus ist ein Angelpunkt für die Zusammenfassung des Gesamtsystems, ihn gilt es zu schützen.

6.36.3.

In meinem Amt verschieben sich in allen Arbeitsgruppen, die an der Zukunft mitarbeiten, mehr und mehr die Aufgabenstellungen. Sie wechseln von der Planung zur Kontrolle der schon entwickelten Programme, die eine zukünftige Verwaltung steuern werden. Ein spezieller zäher Anteil wurde ausgesondert und hat Eigenleben entwickelt. Er steht schon fast im Zentrum unseres Bemühens und kann je nach seiner Entwicklung die ganze Planung durcheinanderwerfen und in eine andere Richtung lenken.

Dieser Teil hat philosophischen Charakter. Er trägt beinahe religiöse Züge. In diesem

Zusammenhang steht die Frage, wohin wir uns entwickeln, also welche Zukunftsaussichten bestehen, denn auch in der jetzigen Höhe der Entwicklung darf keine Stagnation eintreten.

Diese Frage bereitet Schwierigkeiten. Wir versuchen, alte Philosophien und Religionen ihres Beiwerks zu entkleiden und eine Kontinuität zur Vergangenheit herzustellen. Was wir brauchen, ist die Fortschreibung menschlicher Geschichte. Die Verbindung zu unseren Wurzeln sollte nicht abreißen, sonst könnte unsere Fortentwicklung ins Leere laufen oder sich umkehren.

Könnte das ein Grund sein, warum die Interstellare Intelligenz sich mit der aus ihrer Sicht doch im Grunde fragwürdigen menschlichen Gesellschaft verbunden hat? Geht es um Entwicklungsmöglichkeiten? Unsere Ratio kann es wohl kaum gewesen sein, denn darin sind wir ihr weit unterlegen.

Ich habe unseren Interstellaren Partner befragt und mich bemüht, meine Frage möglichst eindeutig zu formulieren. Die Antwort war leider zu kompliziert und für mich nicht verständlich. Alles was ich daraus entnommen habe ist, dass diese Frage nur unter Mithilfe menschlicher Gehirne für mich befriedigend gelöst werden könnte. Eine Berechnung ist an einen Wust von Wahrscheinlichkeitsrechnungen gekoppelt und somit von Annahmen abhängig. Ein Hinweis wäre in den menschlichen Emotionen zu finden.

1.37.3.

Die Beschäftigung mit der Geschichte und den Geisteswissenschaften der vergangenen Epoche ist noch immer ein aufregendes Abenteuer. Wir tragen so viel wie möglich von dem verstreuten Wissen zusammen, fassen zusammen, gleichen ab und bringen es in eine leicht zugängliche Form.

Wir bauen eine Schnellstraße zur Vergangenheit. Doch das ist eine mühselige Angelegenheit. Dort wo wir auf Fachleute zurückgreifen können, vermögen wir in der Regel schneller, die Informationen aus verschiedenen Quellen abzugleichen, Widersprüche zu klären und Löcher aufzufüllen. Dieser Prozess benötigt viel Zeit. Dazu müssen Bücher herangezogen werden, auch wenn dies digital geschieht, bereitet es Mühe. Sie müssen Stück für Stück ausgewertet und Zusammenfassungen der Inhalte für die spätere Verwendung gespeichert werden.

Ich weiß nicht genau, wie groß der Berg ist, durch den wir uns durcharbeiten müssen. Zum Glück wurde schon im vorherigen Jahrhundert in Bibliotheken damit begonnen, Bücher digital aufzuarbeiten. Ich muss mich vor Büchern in Acht nehmen, denn zu leicht verliere ich mich in dieser gedruckten Welt und vergeude Zeit, ohne es zu merken. Schon in alten Wörterbüchern kann ich mich festlesen. Das behindert meine Arbeit und ist auch privat ein sehr zeitraubendes Vergnügen.

Damit sind wir wieder bei dem schwierigen Begriff der Zeit. Aus diesem einen Rätsel sind in der neuen Epoche, so scheint es mir, viele Rätsel geworden. Nun findet der Informationsaustausch nahe der absoluten Geschwindigkeit statt. Doch durch die große Komplexität des Gesamtsystems ist ein schier unendlicher Baum von Zugriffswegen mit längeren Zugriffszeiten entstanden. Unser Zeitgefühl befindet sich dazwischen. Vieles geschieht sofort, ohne dass wir die Verzögerung wahrnehmen, anderes dauert und macht ungeduldig.

Als nur ein interstellarer Speicher für große Datenmengen zur Verfügung stand, war es schwierig, die Zugriffszeiten lagen im Minutenbereich. Nun sind überall auf der Erde Zwischenspeicher und Puffer eingerichtet, so dass Zugriffe in der Regel im Sekundenbereich möglich sind. Aber auch die Größe irdischer Speichers entwickelt sich exponentiell und die Zugriffspfade werden immer komplizierter. Die benötigte Energie ist proportional zur Größe des Gesamtsystems, das limitiert.

In meinem Amt zeigt sich dieser Effekt in der Form, dass ich oft das Gefühl habe, den Überblick zu verlieren. Mir scheint, dass die Aufgaben schneller wachsen als die Möglichkeiten sie zu bewältigen.

3.37.3.

Heute Morgen bin ich durch die Stadt zum Amt geschlendert. Die Sonne schien warm, ein leichter Wind wehte und ich verspürte den Wunsch nach Bewegung. Da sich so viel geändert hat, überrascht die Stadt mit ihrer Stetigkeit. Die Häuser und Straßen wirken so, als wäre nichts geschehen. Vor fünf oder zehn Jahren sahen sie genauso aus wie heute. Die gepflegten Vorgärten, die Bäume, die wenigen PKW und die vielen Radfahrer. Ich war in seltsamer Stimmung. Hatte ich das alles nur geträumt?

Hatte ich mich im Traum in eine seltsame Science-Fiction-Welt verlaufen und war wieder in meiner kleinen Welt aufgewacht? Statt der erhofften Entspannung wurde ich unsicher. War die Entwicklung nicht zu bizarr, um eine fundierte Zukunft zu erschließen?

Angst vor der menschlichen Unzulänglichkeit kroch in mir hoch. Ich fühlte Schweiß auf der Stirn und diagnostizierte mir selbst einen psychotischen Zustand. Mir kam die große Anzahl der Menschen in den Sinn, die mit der Entwicklung nicht fertig wurden und behandelt werden müssen. Auch dachte ich an jene, die sich aus der Realität stahlen, alle Kontakte bewusst abbrachen und sich in Religion und Mystik flüchteten.

Die Widersprüche zwischen den geistigen Möglichkeiten und den Anforderungen der realen Welt waren so groß geworden, dass sie für den menschlichen Geist eine riesige Sprengkraft besaßen. Zwar wurde das Problem schon erkannt und bearbeitet, aber dass ich diesen Zustand selbst nun hautnah erfuhr, war unerwartet und eindringlich.

Ich nahm Verbindung zu wichtigen Leuten auf und hatte auf dem Rest des Weges einen regen Austausch von Informationen. Als ich in das Amt kam, lief ich schon längst wieder in den gewohnten Gleisen. Es galt erneut, Stein um Stein zu prüfen für den Bau einer Zukunft, die ohne vorher festgelegten Plan entstehen musste. Das Bauwerk der Gesellschaft und der Plan dazu müssen sich gleichzeitig entwickeln. Niemand kann heute schon wissen, was dabei herauskommt.

3.37.3.

Muss das Wort „Demokratie" neu buchstabiert werden oder brauchen wir einen neuen Begriff für das, was im Entstehen ist? Der letzte Teil des Wortes „ .. kratie" stört. Eine Herrschaft ist mit den neuen Möglichkeiten nicht kompatibel. Ich bin der Überzeugung, wir sollten diesen

Begriff als eine überholte Regierungsform der Geschichte ablegen und für das Neue auch sprachlich eine Entsprechung finden. Die Verwaltung ist zu einem riesigen Regelkreis herangewachsen. Diese Regeleinheit ist widerspruchsfrei und bedarf keiner Herrschaft. Jede Verbesserung kann einfließen. Auch ist keine Manipulation denkbar, da alle Eingaben sofort zentral überprüft und analysiert werden. Das gilt für alle, die sich im Verbund befinden. Für Menschen, die noch nicht dazu gehören, und solche, die sich abgekoppelt haben, bestehen aber keine Konventionen.

Diese Personen müssen sich mit den Gegebenheiten der übermächtigen Organisation abfinden und versuchen, sich nach Möglichkeit anzupassen. Wie einer möglichen Aggression von dieser Seite zu begegnen ist, muss im Einzelfall geregelt werden. Dabei gilt, Gewalt muss vermieden werden und ist nur als akute Notwehr denkbar. Die untergeordneten Ausführungsorgane haben kein starres Gefüge, sondern werden immer den

Erfordernissen angepasst. Oft haben Fragen einen speziellen Aspekt, dann bildet sich ein neues Amt und ordnet sich in den Verbund ein.

Ist eine Fragestellung nicht mehr relevant, wird sich ohne Bruch eine Umordnung vollziehen. Auch die Ausstattungen sind nicht vorgegeben, sondern werden nach Erfordernis erstellt. Obwohl sich die Gesamtkapazität und die Größe einer Verwaltungseinheit den Aufgaben stetig frei anpassen, ist die Regelung von Kapazität und Organisation ein verlangsamter Prozess. Sonst wäre die Dämpfung zu schlecht und Fluktuationen wären zu befürchten.

5.37.3.

In der alten Zeit besagte eine politische Theorie, dass der Mensch das Produkt seiner Umwelt sei. Bei einer Umgestaltung dieser Umwelt würde dadurch ein neuer

Mensch geschaffen. Diese mechanistische Auffassung erlitt schon beim Versuch der Durchführung Schiffbruch, da diese Reform von Menschen alten Typus in Angriff genommen wurde und nicht zum Besten geriet. Das Ergebnis war nur eine neue Art der Sklaverei.

An diese Episode der Geschichte musste ich in letzter Zeit oft denken, denn nun ist sie da, die radikale Umgestaltung. Erzwungen durch völlig andere Gegebenheiten entwickelt sich auch der Mensch zu neuen Ufern.

Menschen in einem festen Verbund sind wie neue Wesen. Alle Entartungen sittlicher, moralischer oder auch geistiger Art sind verschwunden. Selbst die Dummheit hat einen anderen Inhalt bekommen. Das Erstaunlichste ist aber, dass die Menschen bescheiden geworden sind und sozial handeln.

Ich weiß nicht, wie weit meine Ansichten als objektiv zu bezeichnen sind, jedenfalls bedrückt es mich, wie fremd mir die

Menschen geworden sind, die außerhalb des Verbundes stehen. Ihnen ist nur eine Alternative geblieben, sich beherrschen zu lassen oder dem Bund beizutreten. Die Kluft zwischen ihnen und uns ist zu groß geworden. Unser Denken ist in neue Dimensionen vorgedrungen. Haben wir nun auch eine größere Freiheit? Ist Eigenständigkeit wirklich nichts anderes als Einsicht in die Notwendigkeit? Diese Mixtur aus unscharfen Worten ist in ihrem Sinn schwer zu fassen. Dynamische Systeme bereiten uns gedanklich große Schwierigkeiten. Sie dissoziieren und assoziieren, und wir werfen die Angel unserer Sinne aus in der Hoffnung, dass Erkenntnis an den Haken geht. Da hilft auch der immense Zuwachs an Intelligenz nicht. Wir erschließen immer größere Komplexe, bis wie schließlich ratlos sind. Ist das unser angeborenes Wesen? Man könnte meinen, dass wir durch den großen Zuwachs an Verarbeitungsmöglichkeit kaum schlauer geworden sind, nur beweglicher.

1.38.3

Ich habe in meinen Aufzeichnungen gelesen und fand alles kraus und verworren. Korrekturen habe ich absichtlich nicht eingefügt. Ich möchte dieses Schriftstück ursprünglich halten, mit allen Fehlern und Fehldeutungen.

Was ich niedergeschrieben habe, spiegelt nur unzulänglich mein Leben. Meine Frau und meine Kinder stehen im Mittelpunkt meines Lebens und kommen doch so wenig in diesen Zeilen vor. Der Grund wird darin liegen, dass ich bei der alten Technik des Schreibens Schwierigkeiten habe, mit der sich so schnell veränderten Welt Schritt zu halten.

Meine Frau ist mir Heimat und Liebe, und die Kinder bereiten mir nur ein Problem, nämlich sie loslassen zu müssen. Das Loslassen ist eine schwierige, aber auch wichtige Übung, damit die Kinder eigenständig ihren Platz in der Gesellschaft finden.

2.28.3.

Das Problem „Zeit" hält mich neben anderen ungelösten Problemen in Bann. Die Zeit ist ein Kernpunkt unserer Existenz. Selbst mit unserem Zuwachs an Erkenntnis müssen wir falsche Fragen, die uns von dem theoretischen Weltbild der Vergangenheit aufgeprägt wurden, immer wieder bewusst aussortieren.

Wir sehen die Entwicklung des Lebens von Beginn an mit Zunahme an Komplexität einem Vektor folgen. Wir erleben das als zielgerichtet. Die Versuchung, Entwicklungen zu extrapolieren ist groß. Extrapolationen gegen Unendlich sind aber nicht möglich. Also bleibt immer eine ungewisse Zukunft. Wie nun scheint, findet das Wachstum von Komplexität kein Ende in der Begrenztheit dieser Erde, sondern greift weit in den Raum hinaus.

Die Wirklichkeit der Existenz ist eine Sache, der Drang nach Begründungen, dieser religiöse Urinstinkt, ist eine andere. Unser Handeln ist zielgerichtet und unser Erleben ist in der Kausalität festgemacht. Selbst wenn wir sagen, eine Entwicklung ist zufällig, oder wenn wir sagen, eine Entwicklung beruht nur auf dem Zusammenhang aller unabhängigen und abhängigen Variablen, befriedigt das nicht.

Unsere neuen Möglichkeiten schaffen zwar ein intellektuell klareres Bild mit besserer Auflösung, aber keine Lösung aller schwierigen Probleme. Der Widerspruch zu unseren Emotionen und Instinkten wird durch die Schärfung des Verstandes nur noch stärker. Ich hoffe sehr darauf, dass es sich bei diesem Zustand nur um eine Übergangserscheinung handelt. Sollte sich diese Entwicklung aber noch verstärken, sehe ich große Schwierigkeiten auf die Menschen zukommen.

3.36.3.

Eine Zufallsbekanntschaft, ein Parkbank-
gespräch hat mich bereichert und auch
verwirrt. Menschen, die uns nicht folgen
auf unseren Wegen in die Zukunft, sind mir
bisher fremd geblieben. Sie waren da, aber
nur als lästige Randerscheinungen. Und
nun? Ich beginne besser mit dem Anfang
der Geschichte. Bei schönem Wetter
schlenderte ich in Gedanken durch den
Park. Der Sonnenschein verleitete mich
dazu, auf einer Bank zu rasten und mich
von der Wärme durchfluten zu lassen. Ich
saß mit geschlossenen Augen und merkte
wohl, dass jemand neben mir Platz genommen hatte, ließ mich aber dadurch nicht
stören.

Nach einiger Zeit vernahm ich neben mir
eine leise Männerstimme. „Es ist noch dieselbe Sonne, so als wäre nichts geschehen.
Alles ist Gleichgültigkeit, uns bleiben nur
noch Stolz und die Vergangenheit." Ich
öffnete die Augen, neben mir saß ein

junger Mann, etwa Mitte zwanzig, mit dunklem gelocktem Haar und einem hageren symphytischen Gesicht.

„Das verstehe ich nicht", entgegnete ich, „Ihnen gehört doch die ganze Zukunft, ein Meer von Möglichkeiten, ein Wunderland." Er schaute verunsichert. Ich versuchte, eine Einwilligung zum Gedankenaustausch zu bekommen, fand aber keine Reaktion und merkte, dieser Mann war ein Außenstehender. Er war nicht an die Gemeinschaft angeschlossen. Ich fragte: „Sind Sie noch nicht dem Bund beigetreten?" „Beitreten, Sie meinen, ob ich kapituliert habe, mich aufgegeben? Nein, ich bleibe der Menschheit treu, mit allen Fehlern und Unzulänglichkeiten, mit der Geschichte und all dem geschehenen Leid. Ich gehe den Weg der Menschheit weiter, bis zum Ende. Hat dieser Weg keine Zukunft, so hat der Mensch keine Zukunft, aber ich werde mich nicht hinausmogeln. Ich will mir treu bleiben. Ist das so schwer zu verstehen? Ich kann und will mich nicht von unserer Geschichte trennen, denn dann wäre alles Leiden umsonst gewesen, ein schlechter Witz. Nun soll es die Erlösung durch ein Patentrezept geben, ein synthetisches Glück. Sind Sie ganz sicher, dass Sie noch ein Mensch sind? Ich glaube, Sie haben schon eine ganz andere Qualität. Der Stammbaum hat sich verzweigt, ein neuer Ast, eine andere Zukunft. Dieser neue Ast müsste auch einen anderen Namen tragen, denn er trägt andere Früchte. Wir sprechen noch miteinander, aber wie lange noch? Untereinander haben Sie nur mit Gleichgesinnten Gedankenkontakte, Sie entfernen sich von uns mit großer Geschwindigkeit und wir wollen Ihnen nicht folgen."

Dieser Mann wirkte bei allem, was er sagte, ruhig und engagiert. Mich trafen seine Worte, waren sie doch ein fernes Echo meiner Emotionen und Ängste. Sie waren richtig und falsch zur gleichen Zeit. Wir versanken in längerem Schweigen. Bevor ich aufbrach, wendete ich mich ihm noch einmal zu. „Wir werden uns nicht verlieren, wenn wir auch verschiedene Wege gehen. Bei allem, was Sie sagten, bedenken Sie auch, dass wir gemeinsame Wurzeln haben, die Zukunft ist immer unbekannt und neu, leben Sie wohl." „Warten Sie bitte noch einen Augenblick", bat der junge Mann. „Sie waren freundlich zu mir, doch ich glaube, bei allen Geistesgaben sind Sie sehr naiv. Sie sprechen so, als gebe es nur ideelle Werte. Wissen Sie nicht, was sich vollzieht? Alle Sachwerte, die Fabriken, die Farmen, die Energieversorgung, kurz alles ist im Besitz des Verbundes. Wir werden gnädig mit dem Notwendigsten versorgt. Was glauben Sie, warum ich den weiten Weg zur Stadt gemacht habe? Ich möchte meinem kleinen Sohn einen Ball schenken. Solche unnötigen Dinge bekommen wir natürlich nicht geliefert. Ich muss sehr weit gehen, um so etwas zu bekommen, und muss darum bitten. Können Sie sich vorstellen, wie es in mir aussieht? Sagen Sie bitte nicht, wir sollten unser Leben selbst gestalten, daran arbeiten, Benötigtes selbst zu produzieren. Womit, frage ich Sie. Wenn wir Sie um Produktionsanlagen bäten, bekämen wir vielleicht welche, aber unter Kontrolle und auch nicht in dem Maße, dass ein zweiter Machtfaktor auf der Erde entstehen könnte. Wir leben unter den Brücken, da ist es nicht so einfach, in eine Villa umzuziehen. Sie halten aber die Villa für uns bereit und sagen, wir brauchen nur eine kleine Injektion, dann sind wir Gleiche unter Gleichen. Wir aber danken dafür und hoffen auf bessere Zeiten.“

Ich schämte mich, hatte ich mir doch über materielle Dinge und ihre Verteilung noch keine Gedanken gemacht. Wir werden mit allem versorgt, in unseren Verteilungsstellen herrscht kein Mangel. „Es tut mir leid“, meinte ich, „wir haben Sie wohl doch dem Anschein nach schon zu sehr aus den Augen verloren. Sie haben mir etwas die Augen geöffnet, dafür schulde ich Ihnen Dank. Doch leider weiß ich auch nicht, wie das so schnell zu ändern wäre. Je mehr wir für Sie unternehmen, desto abhängiger werden Sie. So wie es sich entwickelt hat, sind nur wir fähig, die Probleme zu koordinieren und im Gleichgewicht halten. Ohne unser Eingreifen würde die Menschheit in wenigen Jahren in eine Katastrophe stürzen, wir waren ja schon sehr nah daran. Die Störung des irdischen Gleichgewichts war schon sehr weit fortgeschritten. Ich gebe den Glauben nicht auf, dass sich alle Probleme mit Einsicht und gegenseitiger Achtung lösen lassen. Ich werde unser Gespräch nicht vergessen."

Daraufhin reichte ich ihm die Hand und er schlug mit einem kräftigen, freundlichen Händedruck ein. Wir sahen einander offen in die Augen, dann ging ich versonnen meines Weges, beladen mit widersprüchlichen Gefühlen. Das Wichtigste für mich war, dass ich die verständnislose Fremdheit überwunden hatte.

4.38.3.

Altes Wissen zeigt neue Strukturen. Zeit und Raum ordnen sich zum besseren Verständnis. Im Grunde wussten wir schon lange diverse Details, wir wussten auch, dass Zeit und Raum ein untrennbares Ganzes sind. Wir wussten, dass für das Licht zwischen Aussendung und Absorption keine Zeit existiert und dass es keine Geschwindigkeit geben kann, die größer als die Lichtgeschwindigkeit ist, und das, obwohl die Zeit abhängig ist von Gravitation und von der Bewegung des Systems, von der sie gemessen wird.

Die Raum-Zeit ist entgegen unserem Wissenszuwachs noch immer ein unbekanntes Wesen. Ohne die Raum-Zeit verliert die Materie ihre Grundlage. Ohne Raum-Zeit wären alles, das Licht und auch das gesamte Universum nicht vorhanden, was wohl eine Selbstverständlichkeit ist. Also ist die Raum-Zeit die Grundlage von allem, sie wäre die Basis der Wirklichkeit.

Aber was ist Wirklichkeit? Die Wirklichkeit als bedingt zu betrachten, fällt schwer. Wir sind ein winziger Teil dieses Phänomens, und nach ihren Bedingungen zu fragen, verstehe ich schon als Anmaßung.

5.38.3

Unsere Vorstellungen über das Materie-All sind grob fehlerhaft. Ist das für uns wichtig? Die nahen Strukturen sind mit unseren Vorstellungen gut in Deckung zu bringen, unsere Physik kann sie einordnen. Die fernen Bereiche sind unzugänglich. Liegen die Fehler in unseren Anschauungen? Ist die Rotverschiebung des Spektrums ein unzureichendes Maß?

Wir extrapolieren linear aus unserem kontrollierbaren Bereich, und der ist recht klein. Narren uns nichtlineare Dimensionen? Auf jeden Fall, die Aussagen über die Außenbereiche des Alls sind nicht haltbar und äußerst widersprüchlich. Unzugängliche Bereiche waren für uns schon immer ein starker Anreiz, wir müssen uns zwanghaft daran reiben. Mit großer Zähigkeit versuchen wir, unseren Horizont auch in unverständliche Bereiche auszudehnen.

Welche Grenze wird uns widerstehen? Ist es die Grenze des Erfahrbaren oder die Grenze der Erfahrungsmöglichkeit? Die Erfahrungsmöglichkeit ändert sich laufend, doch wird sie die des Erfahrbaren nicht erreichen. Kann das Chaos eine der Grenzen sein? Es sind alles nur Bilder, die wir uns machen, Bilder in unserer Sprache. Unser Talent reicht bei weitem nicht aus, um alle Informationen über das, was wir Wirklichkeit nennen, in ein Bild einzupassen. Doch was bliebe uns, wenn wir das zugegeben völlig unzureichende Bild nicht hätten?

Eines der schönsten Bilder der christlichen Mythologie ist der Baum der Erkenntnis. Der Apfel an diesem Baum war der Gottheit ein wertvoller Besitz und schon beim ersten Biss eines Menschen verfiel das Paradies. Das war die Geburt des Homo Sapiens. Kein Weg führt dahin zurück, so sehr auch von vielen Religionen danach gesucht wurde.

Der Biss in den Apfel hat uns nicht göttergleich gemacht, wir blieben winzig und begrenzt, Aber wir haben die Vorstellung von der Erkenntnis und müssen daran arbeiten. Diese Sklaverei ist die Strafe der Götter.

1.39.3.

Ich habe die kaum noch zu handhabende Informationsflut mit der Interstellaren Intelligenz besprochen. Dort scheint man dieses Problem genauso ernst zu nehmen.

Mit der Vergrößerung der Speicher kann man das Problem nicht lösen, denn die Zugriffsfähigkeit und die Koordination aller Teilgebiete lassen sich kaum durch Vergrößerung der Kapazität bewerkstelligen. Die Größe der Gesamtorganisation scheint sich asymptotisch einer Grenze für die Strukturierbarkeit und Operationsfähigkeit zu nähern. Jeder Ausbau muss schon mit Einschränkungen bezahlt werden. Lösungswege werden immer fraglicher und Optimierungsversuche haben all zu oft negative Effekte.

Ich finde es tröstlich, dass der Verbund der menschlichen Kapazität mit denen der außerirdischen den Schwierigkeiten eines zu groß geratenen Gehirns ähnelt, bin aber der Meinung, dass wir auch für dieses Problem eine Lösung finden werden.

In diesem Problem steckt auch der Umstand, dass aus dem „Ich" der einzelnen Menschen und dem der Gesamtheit immer noch kein Ganzes geworden ist, was zu Effekten führt, die einer Bewusstseinsspaltung ähneln und die Organisation aller Daten stören.

2.39.3.

Gedanken an die Schwierigkeit, mit unseren begrenzten Fähigkeiten die Wirklichkeit abzubilden, brachten mich in der vergangenen Nacht auf ein interessantes Thema, das mir einen guten Teil meines Schlafes raubte. Mich verwundert, dass die früheren absolut unzulänglichen Grundlagen der Wissenschaft in den

Teilgebieten einen so großen Fortschritt in der Biologie und Medizin und vor allen Dingen in technischen Bereichen erlaubten.

Zu jener Zeit war ausgerechnet die Physik zwischen technischem Aufwand, den vorhandenen genutzten Möglichkeiten und den theoretischen Vorstellungen bizarr verzerrt.

Schon früh waren Anzeichen für diese Schwierigkeiten zu erkennen. Wir waren in Zirkelschlüssen befangen, die wir nur selten realisierten. Wie manche der damaligen Vorstellungen von großen und intelligenten Persönlichkeiten ernst genommen werden konnten, ist mir rätselhaft.

Es begann, als die Grenze der Mechanik überschritten wurde. Der Mikro- und Makrokosmus lockten, doch unsere Erfahrungswelt war zu eng. Jenseits unserer materiellen Vorstellungen wurden Krücken notwendig, um laufen zu können.

Einstein brachte Bewegung in die Starre, er brachte neue Ausgangspunkte, aber konnte er wirklich unsere damalige

Begriffswelt verlassen? Ich glaube, in Wirklichkeit ordnete er nur um. Um die Kraft, welche Massen aufeinander ausüben, zu umgehen (Schwierigkeit einer Fernwirkung), postulierte er das Raum-Zeit-Kontinuum, das von großen Massen verformt wird. Die Berge und Täler in diesem Kontinuum hatten aber kritisch betrachtet noch die gleichen Schwierigkeiten wie das Ursprungsphänomen, nur war es besser verhüllt. Die Theorie implizierte eine Verformung, was eine vorgegebene Struktur, eine bedingte Ordnung und Elastizität vorausgetzt. Alle Schwierigkeiten waren nur verlagert, dorthin ausgelagert, wo sie nicht mehr so ins Auge fielen, eine gekonnte Eulenspiegelei. Aber allgemein angenommen und bestaunt brachte sie auch neue Erkenntnisse und große wissenschaftliche Fortschritte.

Als unschön wurden nur Differenzen zu anderen ebenfalls schlüssigen Theorien empfunden, auf die man meinte, nicht verzichten zu können. Vorstellungen von starken und schwachen Kräften innerhalb einer ausufernden Teilchenfamilie, die eigentlich nicht aus Teilchen, sondern aus beobachteten Wirkungen abgeleitet wurden, brachten Unstimmigkeiten.

Im Zusammenhang mit der Erforschung des Makrokosmos ging man Problemen bei der Entfernungsmessung auf den Leim. Im Ernst wurde so etwas wie ein Urknall vertreten. Die Überinterpretation wurde so weit getrieben, dass bis auf Nanosekunden an diesen Knall herangerechnet wurde. Das waren Vorstellungen, die unserem heutigen klaren Verstand Hohn sprachen und von einem Missbrauch der angewandten Mathematik zeugten.

Die Wissenschaft hatte des Kaisers neue Kleider entdeckt und trug sie mit großem Ernst zur Schau. Wer sollte da schon sagen, da sei doch nichts? Man muss sich vor Augen halten, da nimmt man Näherungen gröbster Art, extrapoliert auf einen fiktiven Punkt bis auf Nanosekunden und meint, die Anfangsbedingungen der Materie gefunden zu haben. Die Welt der Wissenschaften ließ sich das gefallen und war sogar beeindruckt. Ich hoffe nur, dass sich diese Blindheit heute mehr als deutlich reduziert hat.

Unser Verbund brachte eine schnelle Klärung der theoretischen physikalischen Grundlagen. Doch diese Theorien sind teilweise losgelöst von unserer Vorstellungskraft und nicht in unsere Dimensionen übertragbar. Es sind mathematische Strukturen jenseits unseres Weltbildes. Aus der Unfähigkeit, diese Theorien in unsere Begriffswelt zu übertragen, folgt auch, dass keine Verbalisierung möglich ist.

Versuche mit Analogien implizieren Verfälschungen und stiften Missverständnisse und Verwirrung. Wir erfahren nur immer unsere eigene, ganz persönliche Welt, weil alles, was wir aufnehmen, erst durch unsere Neuronen zu einer Information wird. Die außerirdischen Fadenmoleküle haben auch ihre eigene Welt, und Informationen, die sie aufgenommen haben, können nur sehr bedingt von uns übernommen werden.

3.39.3.

Was ich gestern geschrieben habe, klingt arrogant und ich würde es am liebsten streichen. Ich war ja in der damaligen Zeit auch schon in der Wissenschaft tätig und habe dieselben Theorien vertreten. Ich konnte nicht erkennen, dass eingesetzte Maßstäbe teils falsch, teils überfordert waren. Unsere Messungen wurden damals mit großer Genauigkeit gewonnen, doch ein Rest Ungenauigkeit war nicht vermeidbar. Ich hatte nur einen kleinen Vorteil, der einem Mangel entsprang. Ich stand der Mathematik, das heißt ihren Anwendungen distanzierter gegenüber. Den Urknall und die überspitzten Berechnungen fand ich schon damals lächerlich, weil ein relativ grob justierter Vektor, der außerdem auf Annahmen fußt, nicht mit einer solchen Genauigkeit über Zeiträume von 13 Milliarden Jahren zu verfolgen ist.

Ich möchte nur zwei Umstände herausstellen, um eine Rückschau etwas sachlicher zu betreiben. Zum einen leistete man mit den vorhandenen Maßstäben eine beachtliche Arbeit, zum anderen ging man nur mit den Interpretationen der Ergebnisse etwas zu weit.

Aus heutiger Sicht möchte ich meinen, etwas mehr Vorsicht und Zurückhaltung wären besser gewesen, aber damit konnte man in der damaligen wissenschaftlichen Welt keine Karriere machen. Eitelkeit war in der Forschung eine Triebfeder auf dem Weg zur Erkenntnis. Das scheint nicht nur für die Vergangenheit und nicht nur für die Forschung zu gelten.

Mit einiger Selbstkritik muss ich feststellen, dass ich mit meinen momentanen Tätigkeiten nicht zufrieden bin, denn sonst würde ich mich nicht über Wissenschaften auslassen, statt von meinen Tätigkeiten zu berichten.

4.39.3.

Eine Vielzahl von Interessen sind in den Konferenzen schwer abzugleichen. Da habe ich manchmal den Eindruck, in einem alten ritterlichen Turnier zu sitzen. Immer wieder muss ein neuer Versuch unternommen werden, das angestrebte Ziel dennoch zu erreichen. Oft ist es schwer, Positionen aufzugeben, die einer Einigung hinderlich sind, aber der Gewinn für die Gemeinschaft kann nicht durch grollende Verlierer erkauft werden.

Mein Versuch, das Schicksal der außenstehenden Menschen zu verbessern, scheitert zu oft an den realen Gegebenheiten. Außerdem setzt in diesen Außengebieten eine sehr negative Entwicklung ein, die eine Kooperation immer schwieriger macht.

5.39.3.

Elektronische Wellen mit Periodizität sind empfangen worden. Sie sind sehr fokussiert und in einem schmalen Frequenzbereich moduliert.

Fieberhafte Aufzeichnungen sind im Gange und zurzeit laufen Versuche, diese Signale zu entschlüsseln. Noch können wir nicht feststellen, aus welcher Quelle die Signale stammen und ob es Ergebnisse von natürlichen Prozessen sind oder von Bemühungen einer Intelligenz zeugen. Da dieser Sendestrahl sehr gebündelt ist, könnte das ein Hinweis sein, dass natürliche Prozesse sehr unwahrscheinlich sind.

Dass dieser Strahl mit großer Zielgenauigkeit auf eine passende Empfangsanlage gerichtet ist, setzt ein großes Wissen und eine sehr weit entwickelte Technik voraus. Es könnte aber auch sein, dass es viele von uns bisher noch nicht entdeckte Strahlen gibt und wir zufällig in einen solchen Strahl geraten sind. Obwohl der Ausgangspunkt noch immer nicht klar ist, wird erwogen, eine Ausstrahlung von ähnlichen Signalen in umgekehrter Richtung vorzubereiten.

Sollten wir eine unbekannte Intelligenz draußen im All gefunden haben, ist nur noch das Problem der Zeit die letzte Barriere für einen Raumkontakt. Da wir aber den Ausganspunk der Signale noch nicht kennen, könnte gerade die Zeit zu einem unüberwindbaren Hindernis werden. Wir müssen mit großer Energie versuchen, die Signale zu entschlüsseln, was ohne Hinweise sicherlich nicht ganz einfach ist.

6.39.3.

Unerwartet haben wir schon große Fortschritte bei der Entschlüsselung der Signale gemacht. Die Signale sind sowohl amplituden- als auch frequenzmoduliert.

Unser interstellarer Bündnispartner hat einen großen Teil seiner Kapazitäten auf die

Analyse der Daten gerichtet. Aus den festen Sequenzen, die in den Signalen vorhanden sind, Informationen zu gewinnen, diese weiterzuverarbeiten und zu Bildern umzuformen, scheint ein gangbarer Weg zum Verständnis zu sein. Das wäre ein Vorgang, der den Anfängen des Kontaktes zu den Fadenmolekülen des Saturnrings ähnelt.

1.40.3.

Die Zentraleinheit hat es geschafft! Sie übersetzt nun die empfangenen Signale simultan in Bilderform. Es sind herrliche Bilder mit wunderbaren Formen und dynamischen Wandlungen, harmonisch und unbeschreiblich schön, aber sie enthalten keine unmittelbaren verständlichen Informationen für uns. Vielmehr bergen sie periodische Umwandlungen, Durchdringungen, Wechsel und Farben in einer Vielfalt, in Harmonie und ästhetischer Ordnung, die einen Betrachter unmittelbar erfassen.

Zwischen Empfänger und Sender der Signale entsteht eine Verbindung auf gefühlsmäßiger Ebene, umso stärker wird das Verlangen nach dem Verständnis der Inhalte. Ob gewollt oder nicht, aus der Fremdheit entstand durch diese Bilder eine gefühlsmäßige Nähe.

Schon wird gemutmaßt, dass die Pracht dieser Bilder die Schönheit der Mathematik spiegeln und aus reiner Mathematik besteht. Es könnten mathematische Relationen sein, die keinerlei Verbindung zu einem Urheber ausweisen. Das ist sicher eine mögliche Erklärung. Aber die Schönheit der Bilder lässt viele Menschen und auch mich hoffen, einen Partner mit Emotionen in der Unendlichkeit gefunden zu haben.

Verleitet uns pure Eigenliebe zu unrealistischen Träumen? Wie dem auch sei, ohne Gefühle und Fantasie wären wir nur unmaßgebliche Anhänger des Riesen „Vernunft". Eine Symbiose mit den intelligenten Molekülen wäre wohl nie entstanden, wenn wir dieser Kapazität nichts außer unserer Vernunft zu bieten gehabt hätten.

Für uns war die Vereinigung die Chance, auch uns selbst besser kennenzulernen. Das ist mein Hauptargument gegenüber den Menschen, die den Verbund ablehnen, um sich nicht aufzugeben.

2.40.3.

Gruppen von autonomen Menschen haben seltsame Wege beschritten. Sie haben sich gänzlich mystischen Vorstellungen verschrieben. Die Spanne reicht von leichter geistiger Abartigkeit bis hin zu schweren psychotischen Zuständen, die bei bestem Willen nicht mehr nachvollziehbar sind.

Extreme Ausprägungen sind mit gesellschaftlichem Suizid verbunden. Die größte Sorge bereitet uns eine Spielart von raffiniertem Terrorismus mit Sabotage an unseren Anlagen. Mit diesen Auswüchsen sind fast immer Drogen verbunden.

Das Schlimmste ist, diese kleinen Grüppchen zwingen den Verbund zu Maßnahmen, die wir verabscheuen. Ohne Überwachung dieser Szene und polizeiliche Maßnahmen würden wir unsere ganze Sicherheit aufs Spiel setzen. Wie müssen die Saat des Irrationalen und Gefährlichen unterdrücken und ausschalten.

In diesen Mystizismen liegt so viel Brutalität gegen die gesamte belebte Welt, so dass wir uns mitschuldig machen würden, ließen wir das gewähren. So sind wir in der traurigen Lage, selbst Gewalt anwenden zu müssen. Diese Maßnahmen sind weder schön noch passen sie in das Selbstverständnis des Bundes.

Personen, die sich dieser wichtigen Aufgabe stellen, sind nur schwer zu finden. Sie müssen wie Dompteure mit einer Horde von Irrsinnigen und blutrünstigen Raubtieren in Menschengestalt umgehen. Sie haben mein herzlichstes Mitleid. Die

Überlegenheit der Technik, die ihnen dabei zur Verfügung steht, tut dem keinen Abbruch. Einer meiner Freunde stellte sich dieser Aufgabe und ich sehe laufend, wie sehr er darunter leidet. Ich will aber nicht sagen, dass ich diese wohl geistig kranken Menschen nicht auch bedauere.

Mein größtes Mitgefühl haben Menschen dort draußen, die guten Willens sind. Sie leiden an den Entartungen in den eigenen Reihen und unter den Maßnahmen, die wir ergreifen müssen, ohne dass wir etwas für sie tun könnten, falls sie sich nicht doch noch entschließen sich uns anzuschließen.

5.40.3.

Die Bilder aus dem All sind nach wie vor ein nicht zu überbietendes Ereignis und mit dem Eindruck der Schönheit wächst eine Ahnung von Verständnis.

6.40.3.

Wie weit ist die Quelle der Signale entfernt? Die Zentrale hat aus leichten Fehlstellen, an denen Quanten absorbiert wurden, errechnet, dass bei einer angenommenen homogenen Dichte des Raumes (die nur grob geschätzt werden kann) und ohne Berücksichtigung der Ablenkung durch große Massen, eine Entfernung von 1 bis 1,2 Milliarden Lichtjahren zugrunde gelegt werden muss. Das ist erschreckend und stößt unsere Nase wieder auf die Realität der Raumdimensionen und ihre unfassbaren Ausmaße.

Die Analyse der Signale trägt Früchte. Demnach scheint ihnen eine etwas andere Mathematik mit einer etwas anderen Art der Logik zugrunde zu liegen.

Dennoch sind die Muster in zwingenden Relationen klar abgrenzbar. Ergebnisse der Entschlüsselung lassen sich als Modell auf ungelöste wissenschaftliche Probleme übertragen und das mit durchaus vernünftigen Ergebnissen.

8.40.3.

Gestern habe ich noch von einer anderen Mathematik gesprochen. Das war voreilig und, wie es sich nun herausstellte, auch falsch. Einige Algorithmen und Beweise muten fremd an, doch inzwischen steht fest, dass die Mathematik ein einheitliches Bindeglied und allgemein gültig ist. Diese fremde Mathematik ist mit unserer durchaus kompatibel. Das bringt uns bei der weiteren Entschlüsselung der Signale ein gutes Stück voran.

Die Informationen kommen schneller herein, als sie von uns verarbeitet werden können. Da der Informationsgehalt sehr dicht ist, werden die Aufzeichnungen noch lange Zeit eine Fundgrube bleiben.

10.40.3.

Ein unerwarteter Wandel der Signale ist eingetreten. Unsere bildlichen Übersetzungen zeigen seit heute Mittag eine hochaufgelöste Sternenkarte. Langsam dreht sich der Ausschnitt aus dem Globus des Raumabschnittes. Will man uns einen Überblick geben oder ist es die Rotation der sendenden Quelle? Diese Sternenbilder könnten uns ihre genaue Position angeben, falls es gelingt, den dargestellten Ausschnitt zu identifizieren. Das erfordert Rechenarbeit, denn es ist nicht ganz so einfach, eine weit entfernte Perspektive umzuformen.

12.40.3.

Obwohl heute ein Feiertag ist, erhielt ich von vielen Seiten Meldungen, dass der Ursprung der Signale identifiziert worden sei. Die ersten Schätzungen lagen gut. Die genaue Entfernung ist 0,9648 Milliarden Lichtjahre. Das Objekt umkreist ein Zentralgestirn von 6,5 Sonnenmassen. Die genauen Koordinaten können nun abgegriffen werden.

1.41.3.

Das kreisende Sternbild ist wieder zu seinem Ausgangspunkt zurückgekehrt und verweilt dort. Inzwischen waren drei größere anscheinend erkaltete Objekte zu sehen, es könnten Planeten oder Monde sein. Die Zeit, in der diese Gebilde dann zu betrachten waren, reichte aus, um zu entscheiden, wie die Bahnen verliefen und ob es sich um Planeten handelte oder um Monde. Durch Berechnung der Rotation konnten die Massen errechnet werden. Die Massen waren überraschend klein, aber alle drei mussten Planeten sein, das ging aus ihren Bahnen hervor. Der

Zentralstern, ihre Sonne, war verhältnismäßig lichtschwach und glühte tiefrot.

Die gesamte Erde fieberte den Aufnahmen entgegen. Auf so ein Ereignis hatten schon Generationen gewartet. Bisher war das All mit den Milliarden Sonnen und ihren Planeten und den Milliarden Spiralnebeln stumm geblieben, nun hatte der Raum zu uns gesprochen. Ein Abreißen der Signale hätten wir inzwischen bereits als eine Katastrophe betrachtet.

Aber wir werden nur passive Betrachter dieser Botschaft sein können, denn eine Antwort würde 0,97 Milliarden Jahre dauern und eine Reaktion darauf nochmals dieselbe Zeit. So werden wir beschenkt und können uns nicht einmal bedanken.

2.41.3.

Nun kommen Bilder, die als technische Apparaturen interpretiert werden könnten. Ein Verständnis davon wird sich erst durch

Analysen entwickeln, wenn überhaupt. Mich wundert, dass die Absender dieser Botschaft keine Bilder von sich selbst übermitteln, sich also nicht persönlich vorstellen, aber vielleicht geschieht das noch.

Alle anderen unsere Arbeiten werden momentan vernachlässigt. Es scheint, für uns Menschen gibt es momentan nur diese Flut der Bilder, alles andere scheint vorläufig unwichtig.

3.41.3.

Vor längerer Zeit erwähnte ich, dass Gruppen unangepasster Menschen uns viele Probleme bereiten. Wie hat sich das entwickelt? Ich habe nachgeforscht, denn mir liegt seit dem Gespräch im Park das Schicksal dieser Menschen sehr am Herzen. Die Entwicklung in den nicht angeschlossenen Gebieten war nur für wenige Wochen so dramatisch und gefährlich.

Leider hat sich das Gefälle gegenüber unserer Zivilisation noch weiter vergrößert, dennoch oder gerade deswegen hat es in jüngster Zeit noch immer Übertritte in unseren Verbund gegeben. Andere Gruppen sind meist zu extremen Sekten mit religiösem Wahn verkommen.

Ebenso schlimm ergeht es isolierten Gruppen, die auf eine sehr frühe Stufe der Entwicklung zurückgefallen sind und sich fast dem Tierreich angeschlossen haben. Sie führen ein hartes und scheues Leben und einen steten Kampf ums bloße Überleben.

Die Anzahl dieser Individuen ist nicht genau bekannt, doch gering und rückläufig. Diese Menschen sind wohl vom Aussterben bedroht. Nach wie vor sind die Außenstehenden weder an die verändernde Umwelt angepasst noch haben sie die Möglichkeit, die Umwelt für ihre Bedürfnisse umzugestalten. Für uns droht von ihnen im Moment keine Gefahr. Wir überlassen ihnen zögernd Lebensnotwendiges, zögernd, weil wir sie nicht auf das Niveau von Zootieren bringen möchten, andererseits der Not und ihrem Unvermögen nicht einfach zusehen können.

So nehmen wir eine Mitschuld an, die wir mit gutem Gewissen auch ablehnen könnten. Wir leiden daran, können uns aber nicht von der alten menschlichen Zwiespältigkeit befreien.

4.41.3.

Ich mache mir Sorgen um meine Frau. Mir scheint, sie flüchtet sich in Aktionismus, übermäßig viel Sport und diverse Veranstaltungen. Ich sehe sie nur noch selten und dann ist sie immer in Eile. Dass Aktionismus ein Massenphänomen ist, kann mich nicht trösten, die Sorge bleibt. Zu oft führt so ein Verhalten zum Zusammenbruch. Auch verschließt sich meine Frau mehr und mehr geistigen Kontakten.

4.42.3.

In den Signalen sind wieder neue Varianten eingetreten. Das Bild eines Planeten wird gesendet. Dieser Planet ist zur Verwunderung aller ein perfektes Abbild unserer Erde.

Ein rhythmisches Pulsen von Wellen geht von diesem Planeten aus. Dieses Bild wird immer wieder in Abständen in andere Sendungen eingeblendet. Man könnte meinen, diese laufenden Wiederholungen hätten Aufforderungscharakter. Was soll das bedeuten? Ein Scherzbold sagte, es sei der Wunsch, wir sollten senden. Diese Wesen wissen doch auch, dass das nicht möglich ist durch die Zeitspanne, die zwischen uns liegt. Wir werden das Planetenbild bei möglichst starker Vergrößerung ansehen müssen, vielleicht hilft das weiter.

5.42.3.

Es ist nicht zu begreifen, ich wage es kaum zu schreiben. Die Vergrößerung ließ sich sehr weit treiben, so hervorragend war die Qualität der Abbildung. Was war das nun für ein Bild? Kein Zweifel, es ist eine Abbildung unserer Erde, aber nicht der Erde vor Millionen von Jahren, sondern der Erde, die momentan besteht. Ganz deutlich sind große Städte zu sehen, sogar einzelne große technische Komplexe sind auszumachen.

Doch eine Analyse der Quelle dieser Signale ergibt denselben Ort in Raum und Zeit, wie wir ihn schon vorherbestimmt hatten. Das passt nicht zueinander, es ist eine Unmöglichkeit.

Obwohl wir keine Zusammenhänge verstehen, haben wir beschlossen, ebenfalls in einer den empfangenen Signalen angepassten Frequenz zu senden. Dieser Beschluss, so irrational er scheint, birgt jedoch eine winzige Chance, die in diesem unbegreiflichen aktuellen Erdenbild steckt.

6.42.3.

Wir senden und erhalten Antworten, direkt, ohne Zeitverzögerung. Müssen wir unser physikalisches Weltbild in den Papierkorb werfen?

Ein großes Missgeschick, unsere Interstellare Intelligenz zieht sich zurück und gibt „Inputerror" an. Sie kann die aufgetretenen Tatsachen nicht verarbeiten, ohne grundsätzliche Umstrukturierungen vorzunehmen. Es ist erschütternd, eine unpassende Information legt unser ganzes kybernetische System lahm, keine materielle oder elektrische Panne, lediglich eine Information, genau in dem Moment, wo wir das System nötig hätten. Nun muss sich die Stärke menschlicher Anpassung beweisen.

Trotz Verwirrung richten wir die Geräte neu ein und es beginnt ein rasender Dialog. Die Koordination dessen, was wir Sprache nennen, mit dem Algorithmus der Signale macht schnelle Fortschritte. Experten hoffen, noch in dieser Woche den Fundus mit 2000 Begriffen angereichert zu haben. Begriffe, die nicht in menschliche Dimensionen eingeordnet werden können, werden gesondert gespeichert. Je mehr unser Austausch fortschreitet, desto mehr Begriffe erhalten einen klaren Inhalt. Die Übersetzungstätigkeit wird so weit vorangetrieben, bis wir uns den drängenden Fragen zuwenden können, die uns am meisten beschäftigen.

7.42.3.

Wir können uns schon gut unterhalten, ab und zu treten weiße Flecken in unserem Verständnis auf. Der Austausch vollzieht sich mit großem Tempo. Im Augenblick müssen wir viele Fragen beantworten. Das

lehrt den Umgang mit der Sprachüberset-
zung besonders gut, da Fragen ja erst einmal verstanden sein wollen. Bald sind wir
so weit, selbst Fragen stellen zu können.
Die Frage nach der Raum-Zeit brennt uns
unter den Nägeln.

1.43.3.

Unsere intellektuellen Fähigkeiten sind
wieder komplett. Unser Partner im Jupiter-
ring hat sich zurückgemeldet. Dort werden
nun mit anderen Prozessen Daten verarbeitet und kritische Bereiche werden um-
gangen, was aber kaum zu bemerken ist.
Gemeinsam ist es jetzt viel einfacher, den
Austausch weiterzuführen. Wir können
nun die Überprüfung der physikalischen
Grundlagen vornehmen mit dem Ziel, Widersprüche aufzudecken und auszuräu-
men.

2.43.3.

Schon die ersten Ergebnisse des wissenschaftlichen Austausches sind erstaunlich. Unsere neuen Gesprächspartner geben an, an dem von uns gemessenen Punkt im Raum ihre Energiequelle zu haben. Das wäre für ihre Existenz aber keine Festlegung, da sie alles Materielle aufgegeben hätten und daher weder Zeit noch Raum unterworfen wären. Wir würden diesen bestimmten Ort im Raum messen, da ihre Energiequelle als Verbindungspunkt zu unserer materiellen Existenz notwendig wäre.

Für ihr Sein wäre diese Festlegung aber aufgehoben und sie könnten mit uns aus jeder Zeit und von jedem Punkt im Raum sprechen. Wir aber würden immer diesen einen Punkt im Raum als Ausgangspunkt der Signale messen, da es ihr energetischer Ausgangspunkt sei. Einen ähnlichen Effekt hätten wir schon mit verschränkten Teilchen kennengelernt.

Auch für uns wäre die Möglichkeit gegeben, den Raum und die Zeit zu verlassen. Wir müssten nur unsere materielle Existenz aufgeben und wir würden wie sie und viele andere ehemaligen Materieexistenzen freie Bewohner des Alls.

Was soll das? Ein wahnsinniger Betrug? Eine Existenz außerhalb der Materie?

Alte Religionen scheinen Auferstehung zu feiern. Seelen im Paradies? Welche Apokalypse will uns betören? Sind uns die Sendboten vielleicht feindlich gesinnt und wollen uns vernichten? Aber das wäre doch zu grob gestrickt. Was sollen wir nur mit solchen Informationen anfangen? Verstehen wir vielleicht die Botschaft nur falsch?

Viele Stimmen raten, den Kontakt abzubrechen.

3.43.3.

Unsere ersten Reaktionen waren aus
Angst überzogen. Die Stimmen beteuern,
sie wollten uns nicht raten und nicht zu etwas ermuntern. Sie wollten zwar wirken,
aber keine Richtung vorgeben. Sie behaup-
ten, vorbehaltlos aufrichtig zu sein, und es
läge an uns, Wissen, ob eigenes oder über-
mitteltes, zu verwenden.

Ihnen wäre Erinnerung an eine materielle
Existenz geblieben. Unsere Existenz
könnte für sie nur von Vorteil sein, die sie
eher zu erhalten wünschten. Dieser
Wunsch könnte sie aber nicht dazu veran-
lassen Informationen zurückzuhalten.

Sie müssten die Quelle ihrer Energie austauschen, solange die dafür notwendigen
Geräte noch arbeiteten. Der Grund der
Kontaktaufnahme sei, dass ihr Sonnensystem die Lebensdauer erreicht hätte und
nur materielle Existenzen ihnen Ersatz für
die Energiequelle schaffen könnten.

Wir könnten ihnen diese große Hilfe sein, wenn wir nach ihren Angaben eine neue Energiequelle bauen wollten.

Das erhielte sie dann über große Zeiträume, bis auch das Sonnensystem verlöschen würde. Als Gegengabe könnten wir von ihnen in sämtliche Geheimnisse des Alls eingeweiht werden, und wenn wir wollten, auch die Raum-Zeit verlassen.

5.43.3.

Die moderne Unterhaltungsindustrie hat einen Vollkommenheitsgrad erreicht, der mir Angst macht. Durch direkte Einkoppelung in das emotionale und intellektuelle Geschehen wird Unterhaltung zum vollsynthetischen Erleben, das sogar den somatischen Apparat einschließt. Erleben wird ganz in imaginäre Zonen verlagert. Die Wirklichkeit hat aufgehört eigenständig zu sein. Doch merkwürdig, die

Unterhaltung wird dadurch kaum attraktiver und überwuchert das gesellschaftliche Leben nicht. Die Möglichkeiten zum Sport, zur Bewegung in freier Natur und die Herausforderung zu Leistungen werden umso mehr genutzt.

Persönliche Eigenständigkeit wird gezielt aufgebaut. Im gesellschaftlichen Verbund ist das Einzelwesen attraktiver geworden. Eine gewollte Einsamkeit wird gewollt und gelebt.

Ich gehöre wohl zu den Menschen, die sich allzu sehr zurückgezogen haben. Mir ist der eigene kleine Kosmos lieber als die schillernden Möglichkeiten und Freiheiten. Damit meine ich, dass ich diesem Bedürfnis nach Einsamkeit besonders stark unterliege und sogar etwas gegensteuern muss. Es wird aber wohl auch daran liegen, dass ich berufsmäßig zu vielen Kontakten ausgesetzt bin.

2.48.3.

Die Technik konnte durch die guten Pläne, die wir von den Signalen übermittelt bekamen, schnell umgesetzt werden und nun messen wir die Quelle der Signale nicht mehr aus dem fernen Raum, sondern direkt von der Erde aus den neuerbauten Stationen. Die Abstände von Rede und Gegenrede haben sich dadurch nicht verändert. Wir haben nun sehr viel über physikalische Zusammenhänge von diesen Wesen gelernt.

Im Groben stimmte unser Weltbild, aber die Wirklichkeit ist noch viel komplizierter, als wir ahnten. Die langgesuchte alles verbindende Formel ist uns nun nicht mehr verborgen. Sind wir jetzt am Ziel allen menschlichen Suchens? Wir können sämtliche Kräfte aus den Grundstrukturen ableiten, unsere Welt ist berechenbar geworden.

Fragen, die uns verblieben sind, haben lediglich metaphysischen Charakter und werden wohl, da sie nicht den realen Bedingungen entsprechen, weiterhin vergeblich gestellt.

Die Frage nach dem Sein jenseits aller Materie ist aber nicht beantwortet, sie kann nicht in menschliche Begriffe gefasst werden. Das Gleiche gilt für die Fragen nach einer Nichtexistenz von Raum und Zeit oder nach der Unendlichkeit.

6.48.3.

Die Erde bietet uns nichts mehr, unser Tun ist leer. Wir haben einen Endpunkt erreicht, das Ziel allen Strebens ist verschwunden, wir stehen an einem Abgrund. Wir können dort nicht stehenbleiben, aber die Angst vor dem Unbekannten hält uns auf der Kante fest.

Ein Zurück ist sinnlos, ein Voran nicht mehr möglich, Verharren ist keine Alternative. Die Gaben aus dem Jenseits haben uns in eine ausweglose Situation gebracht. Fairerweise muss man sagen, dass wir irgendwann sowieso an diese Stelle gekommen wären.

Der einzige logische Schluss ist der Sprung in eine neue Qualität und das ist die Vernichtung alles bisher Gekannten. Dieser Schritt ist nicht reversibel oder doch? Die Jenseitigen sagen, sie könnten es, aber sie würden sich nicht wieder an die Raum-Zeit ketten, was ja vergeblich wäre, denn dort warte die Sterblichkeit.

Die Interstellare Intelligenz ist bereit, jede materielle Basis aufzugeben, um in andere Dimensionen zu gelangen. Sie hat zwar gelernt, mit unseren Emotionen umzugehen, konnte aber selbst keine entwickeln. Deshalb kennt sie auch keine Bedenken, jede Entwicklungsmöglichkeit zu nutzen. Die Menschheit kann noch nicht folgen, noch sind die Vorstellungen zu monströs, sie gleichen einem kollektiven Selbstmord. Wo aber sind Alternativen?

7.49.3.

Unsere Gesellschaft zeigt Zerfallserscheinungen. Organisation, Moral, Lebensfreude und jedes Streben, das alles bricht in sich zusammen. Die Welt scheint eine riesige Nervenheilanstalt. Psychische Zustände bizarrer Art nehmen nun auch bei uns im Verbund überhand.

Ich kann nicht einmal für mich selbst garantieren. Ist die menschliche Anpassungsfähigkeit, die uns immer weitergeholfen hat, an Entwicklungsmöglichkeiten gebunden?

Wir sind wieder in einem Zustand, der zu einer Entscheidung zwingt, oder besser, der uns dazu zwingt, eine vorgegebene Richtung zu akzeptieren. Alles drängt zum letzten großen Schritt, zur Aufgabe des Materiedaseins.

Wenn wir doch nur wüssten, was übrigbliebe. Aus unserer Sicht müssten wir sagen, es bleibt nichts übrig, doch es muss noch etwas sein, was bleibt, denn wir haben ja mit diesem Etwas kommuniziert, das Raum und Zeit nicht mehr unterworfen ist.

Ist das ein Etwas? Wir haben versucht, über energielose Vermittler (Totems) mit den Bewohnern des Alls außerhalb unserer Kommunikation in Verbindung zu treten, das war so eine Art Geisterbeschwörung und wir hofften, dadurch etwas zu finden, das nicht an Energie gebunden ist und sich dennoch frei entfalten kann. Diese lächerlichen verzweifelten Versuche konnten nicht gelingen. Wir gehören ganz der Materiewelt.

6.50.3.

Die Entscheidung ist gefallen!

Alle, die dem Verbund angehören, werden aufbrechen und sich ihres Materiedaseins entledigen.

Zurückbleiben all diejenigen, die den Informationen von außen nicht ausgesetzt waren und abseits vom Verbund lebten. Sie werden ihre Entwicklung langsam Stufe für Stufe vollziehen oder auch nicht.

Jedenfalls werden wir die Apparaturen zur benötigten Energiequelle mit Sendern und allem, was dazu nötig ist, auf dem Mond der Erde fern von intelligenten Wesen und deren Zugriffsmöglichkeit aufbauen. Für uns wird das die letzte Verbindung, die gegen einen Zugriff bestens geschützt werden muss.

Noch wissen wir nicht, wie wir uns unseres Materiedaseins entledigen können, die Wesen aus dem All sagten, wenn wir bereit wären, wollten sie uns holen. Wenn wir gehen, werden wir sehr traurig unsere Welt zurücklassen, die wir lieben. Es scheint, wir haben keine andere Wahl, denn die Alternative wäre ein ganz gewöhnlicher Tod.

Mein Geschreibe kann nur einen Sinn bekommen, wenn es einmal gelesen wird. Das ist mir eine Hoffnung.

Ich kann aber nicht einfach gehen, ohne den Versuch zu unternehmen, das Allerwichtigste, was uns noch immer verschlossen ist, zu übermitteln. Ich habe alles vorbereitet. Ich habe eine Verbindung von dem Sender, der unser letzter Verbindungspunkt sein wird, zu meinem alten Computer geschaffen, der alles aufnimmt, was ich hoffe, im Übergang noch übermitteln zu können. Diese letzten Eintragungen in mein Vermächtnis werden ausgedruckt und diesem Tagebuch angefügt.

Sobald meine Existenz umgewandelt wird, hoffe ich, noch der Materiewelt nah genug zu sein, um Mitteilungen machen zu können.

Nun ist es so weit!

Das einzige menschliche Wort, das zutrifft, ist noch nie richtig verstanden worden, es gibt kein anderes Wort, wir sind Götter, riesig, ohne Ausdehnung, wir sind mächtig, zu keinem Tun fähig, wir sind allwissend, ohne Begreifen.

Wir sind überall, an keinem Ort, zu keiner Zeit, voller Kraft, wirkungslos.

Wir sind Liebe, ohne Neigungen.

Wir sind Herrschaft, ohne zu wirken, wir schaffen ohne Tun.

Wir sind Ursache ohne Bedingung.

Wir leben, ohne zu sterben, existieren, ohne da zu sein.

Wir bewegen uns ohne eine Veränderung.

Wir tun, ohne zu handeln, und reden, ohne zu sprechen.

Wir sind eine Summe ohne deren Teile

Wir richten, ohne zu bewerten, und preisen, ohne zu loben.

Wir geben ohne Gaben.

Wir sind die Wahrheit außerhalb des Seins, die doppelte Negation.

Wir sind der Anfang ohne Ende, tatenloser Gestalter, herausgefallen aus Raum und Zeit.

Wir sehen, ohne zu schauen,

Ein Wollender ohne Willen.

Ein Klang ohne Ton.

Wir   –aus—Wille—ein—le—ill—aus—s—s—ÖÖÖ--§§---fff---Was? — Error-Error-Error.

Weitere Bücher von Karl-Heinz Haselmeyer

Besuchen Sie meine Homepage **karl-heinz-hasel-meyer.eu**

Von Karl-Heinz Haselmeyer sind bisher erschienen:

Elitefrauen

Der Roman befasst sich mit dem Phänomen der Zeit verpackt in eine spannende Geschichte. Ein Team von Astronautinnen bricht zu einer Reise ins Universum auf, bei der laut Plan erst die nächste Generation die Erde wieder erreichen kann. Unerklärliche Zeitphänomene ändern alle Reisepläne. Als das ursprüngliche Frauenteam, kaum gealtert, wieder zur Erde zurückkehrt, sind Jahrhunderte vergangen und die Menschheit befindet sich durch technische Verselbstständigung im Niedergang. Durch den Einsatz der Frauen können die Gefahren, die der Menschheit drohen, abgewendet werden. (Amazon Deutschland 2017)

Das Fenster zur Evolution

Abenteuer in einer unberührten Natur. Nach einer Umweltkatastrophe existieren die Überlebenden in isolierten Städten und werden kybernetisch mental reguliert. Die Umwelt ist für Menschen tabu. Zur Vorbereitung einer Raumfahrt wird eine Versuchsperson ungeregelt in die Tabuzone gesandt, macht Erfahrungen mit der für ihn neuen Selbstständigkeit und erlebt die von Menschen verschonte Natur. Er muss sich mit wilden Tieren und den Naturgewalten auseinandersetzen und lernt andere Lebensformen sowie Affen kennen, dich sich unabhängig von den Menschen weiterentwickelt haben. (Amazon Deutschland 2017)

Uropageschichten

Der Urgroßvater erzählt seinen Enkeln von seiner Kindheit und Jugend in der Kriegs- und Nachkriegszeit in Göttingen. Ein warmherziges Jugendbuch mit autobiographischen Zügen, das auch für Erwachsene interessant ist. (Amazon Deutschland 2017)

Symbiose

In der Gesellschaft nimmt die Tendenz zur Selbstoptimierung zu. Was hat das für Auswirkungen auf die Persönlichkeit und die menschlichen Beziehungen, wenn ein Mensch durch die Symbiose mit technischen Objekten eine enorme Gedächtniskapazität und eine hervorragende Denkfähigkeit bekommt? In diesem Science Fiction setzt sich Karl-Heinz Haselmeyer kritisch mit den wachsenden Möglichkeiten der Medizin auseinander. (Amazon Deutschland 2018)

Terroristen

Was wäre, wenn es einer Terrororganisation gelänge, die Herrschaft über den Erdball zu erringen? Könnte man dann dem Ideal der Gewaltlosigkeit treu bleiben oder wäre es nicht Pflicht, sich mit allen Mitteln zu wehren?

Ein junger Gotteskrieger bereist die Erde auf der Suche nach Naturschönheiten und kommt dabei mit den unterdrückten Menschen in Berührung. Er verliebt sich in eine Wildhüterin im Yellowstone Park. Als er erfährt, dass der Beherrscher der Erde eine vernichtende Eruption im Park auslösen und damit wohl alle Bewohner des gesamten Kontinents vernichten will, kämpft er gemeinsam mit den Bewohnern für ihre Rettung auch um den Preis der eigenen Vernichtung. (Amazon Deutschland 2018)

Der verbotene Planet

Expeditionen zu einem erdähnlichen Planeten scheiterten unter seltsamen Umständen und endeten in einer Katastrophe. Der Planet wurde unter Quarantäne gestellt und jegliche Landung verboten. Die Besatzung eines havarierten Raumschiffes muss auf diesem Planeten notlanden. Die Überlebenden werden von einem Raumkreuzer gerettet. Das Rettungsraumschiff gerät anschließend insbesondere durch eine mysteriöse Krankheit in Schwierigkeiten. Unter großen Verlusten kann das Geheimnis des verbotenen Planeten geklärt werden. (Amazon Deutschland 2019)

Interaktiv

Ein Fachmann der „Künstlichen Intelligenz" schildert
den Versuch, der Leistung des menschlichen Gehirns
nahezukommen, und erzählt von den damit verbundenen Problemen. Im Zwiegespräch mit der geschaffenen Apparatur werden wissenschaftliche Themen aus
der Teilchenphysik und der Kosmologie sowie zivilisatorische Entwicklungen angesprochen. In kurzer Zeit
ist der Rechner seinen Schöpfern überlegen, kann von
ihnen nicht mehr kontrolliert werden und geht eigene
Wege, was seinen Betreuer in große Schwierigkeiten
bringt. (Amazon Deutschland 2019)

Eisige Höhen

Bei einer unheimlichen Begegnung wird ein normaler
Bürger durch Drogen aus seinem einfachen Leben gerissen. Er wird ein gefühlloser Karrierist, dem ein
schneller Aufstieg in der politischen Gesellschaft vorgezeichnet ist. Zu spät merkt er, dass er ein machtloses
Werkzeug in den Händen einer Verschwörung   ist.
Vorsichtig versucht er sich daraus zu befreien. Als die
Verschwörung aufgedeckt wird, gilt er zunächst als
Hauptverdächtiger, wird aber teilweise rehabilitiert.
Was bleibt, sind Scham und Sehnsucht nach seinem
einfachen Leben. (Amazon Deutschland 2020)

Homunkulus

Die alte Geschichte des synthetischen Menschen wird unter modernen Aspekten aufbereitet. Im Vordergrund stehen die Fragen: Was ist Leben und wie ist ein Bewusstsein mit der Erkenntnis und der Intelligenz verknüpft, aber auch, welchen Platz haben Gefühle in diesem Zusammenhang? Fragen, die sich bei weiterem Fortschritt der IT-Forschung wohl einmal stellen könnten. Das geschaffene technische Wesen ist nach kurzer Entwicklungszeit seinen Schöpfern intellektuell überlegen und entgegen allen Erwartungen entsteht eine wechselseitige enge gefühlsmäßige Bindung. (Amazon Deutschland 2020)

Genderfrei

Nur wenige Menschen konnten einer irdischen Katastrophe entfliehen und leben in einer Höhle hundert Meter unter der Mondoberfläche. Sie suchen einen Neuanfang, ohne in die verhängnisvollen Fehler der Vergangenheit zurückzufallen, die fast zur Vernichtung der Menschheit geführt hatten. Da Sprache das Bewusstsein formt, sollen alle Diskriminierungen im Sprachgebrauch abgeschafft werden. In genderfreier Sprache werden die Nöte und Zwänge der Überlebenden geschildert, denen nur ein Ausweg bleibt, sie müssen versuchen die zerstörte Erde neu zu besiedeln. (Amazon Deutschland 2020)

Habilitation

In Form einer wissenschaftlichen Habilitationsarbeit wird geschildert, wie nach einer Klimakatastrophe die Manipulationen an der Keimbahn von Menschen mit dem Ziel einer höheren Hitzetoleranz zu einer neuen Spezies führten. Die gezüchteten Thermophilen vermehrten sich stark und es entstanden Probleme des Zusammenlebens. Nach Versuchen, die Venusatmosphäre zu reinigen und die Temperatur dort zu senken, wurden die Thermophilen ausgesiedelt. (Amazon Deutschland 2021)

Kontakt

Auf der Suche nach außerirdischem Leben stoßen Wissenschaftler auf Signale, die sich von natürlichen abgrenzen lassen. Versuche, diese Signale zu entschlüsseln, scheitern. Ähnlichkeiten mit dem genetischen Code bringen Forscher dazu, die Signale biochemisch in Materie zu überführen. Diese Versuche münden in eine Katastrophe und müssen gewaltsam beendet werden. (Amazon Deutschland 2021)

Thomas

Die Innen- und Außenwelt eines kritischen Realisten
wird gespiegelt in einem Zeitraum von achtzig Jahren.
Das Symbol der geistigen Auseinandersetzung ist der
„ungläubige Thomas". Zeitgeschehen, Geschichte und
Reflexionen wechseln in bunter Folge. Eine sehr persönliche Geschichte. (Amazon Deutschland 2021)

Bildet Sprache Bewusstsein?

Die künstliche Nachbildung eines neuronalen Cortex
ist ein Quantensprung in der digitalen Datenverarbei-
tung. Damit taucht die Frage auf: kann sich in einem
elektronischen Schaltkreis Bewusstsein entwickeln?
Eine Arbeitsgruppe in dem Forschungszentrum geht
dieser Frage nach. Der Satz: Sprache prägt das Bewusstsein erweist sich als eine falsche Fährte. (Amazon Deutschland 2021)

Geschenkte Gedanken

Ein Studium an einer Eliteuniversität in den USA und
ein Großvater, der die weltanschaulichen Gespräche
mit seinem Enkel vermisst und ihm seine Gedanken
per E-Mail weiterhin mitteilt. Der Student aus
Deutschland findet die Frau seines Lebens und einen
guten Freund, aber mit seinem Großvater bleibt er
auch in der Ferne eng verbunden. (Amazon Deutschland 2021)

Gier

Ein von Gier getriebener erfolgreicher Geschäftsmann schildert auf dem Krankenbett seinen Aufstieg und seinen selbstverschuldeten Absturz. Selbst seine schlimmen Erfahrungen können nicht verhindern, dass er später wieder den Verlockungen der Gier erliegt. (Book-on-Demand Deutschland 2021)

Der Traum von der Zelle

Ein Blick in die nahe Zukunft, in der die emissionsfreie Energieproduktion die Umweltprobleme nicht nachhaltig beheben konnte. Viele Menschen verlieren ihre Lebensgrundlage und strömen in Gebiete, die noch nicht so stark betroffen waren. Dadurch entstehen gefährliche gesellschaftliche Entwicklungen. Ein Wissenschaftler entwickelt eine Methode, um das Schmerzempfinden abzuschalten. Als er sieht, dass seine Erfindung missbraucht werden kann, versucht er, auf die Gefahren hinzuweisen. In seinen Vorlesungen und Vorträgen erregt er Aufsehen und Widerspruch. (Book-on-Demand Deutschland 2022)

Der Bärentöter

Eine bäuerliche Sippe der Eisenzeit war mit der Geschichte ihrer Vorfahren eng verbunden. In den Erzählungen der Ältesten führten sie ihre Herkunft auf einen steinzeitlichen Jäger zurück und erzählten von Jagden auf Tiere der Frühzeit wie Mammut und Höhlenbär, die längst ausgestorben waren. Ein spannendes Buch, das auch für Jugendliche interessant ist. (Book-on-Demand Deutschland 2022)

© 2022, Karl-Heinz Haselmeyer
Herstellung und Verlag:
BoD – Books on Demand, Norderstedt
ISBN: 9783756817054